盲目地注视

黄国峻 著、绘

中国友谊出版公司

目录

- i 序：糟了！我的儿子是写小说的 黄春明
- iv 自　序

- 1 驯控
- 15 四个变异的童话
- 37 一只猫头鹰与他
- 55 盲目地注视
- 93 蝙蝠侠迎敌
- 113 纵虎
- 127 尽弃
- 143 兽行
- 155 天花板的介入
- 183 神界传奇

序：糟了！我的儿子是写小说的

黄春明

作为一个父亲，我儿子国峻写小说的事，是第十一届联合文学新人奖发表的同时，我才知道。原来儿子是背着我，偷偷写起小说来。对这样的事，我可不愿含冤。我不说明白，别人会以为这个黄春明自己写小说，竟然严禁儿子写小说。没这回事。国峻之所以偷偷写小说，那完全是他的个性；脸皮薄，死爱面子。这一点我很清楚，因为我也是这样长大的。

最近在朋友之间，有人抛一个问题问我，说我自己写小说，儿子也写小说，有什么看法和想法？刚开始我被问傻了。向来我就不曾把这个当问题；没去想过。在这多元化的社会，谁爱做什么，就去做什么，有谁管得了？在小孩的成长过程中，我们关心的是他的行为有没有偏差，身体有没有毛病？这些就是做父母亲最基本的责任。说真的，今天黄国峻写小说，我固然高兴。假使他今天是一个推销员，这有什么不好？只要不去推销摇头丸，有何不可？或者说他是一位厨师，那也很好啊。只要去抠香港脚的手，洗干净之后才上厨房，又有何不可？好得很，说不定是老爸的关系，还可以时常尝到美好的料理哪。天晓得。

不过，我还担心他，以后怎么生活下去呢？我和国峻一样年纪的时候，社会上爱好文学的文艺青少年，比起今天多得多，小说也有它一定的销路。但是，在那时候，不，一直如此，我写小说挣到的稿费和版税，始终无法养活一家四口。矛盾的是，我爱小说，又不能不为谋生去找工作。所以写作这一条路，我是走走停停，停停走走，根本就不能成为专业。也因为这样，自己想出一个理念，安慰自己，说不定是欺骗自己。根据这个理念，我对写小说就有了比较明确的态度。我认为写小说不能当作职业，它是一种崇高的志业；它不是手段，它是目标。可是，国峻正热衷于小说创作的今天，小说式微到这种地步，我又没有家业或家产可以留给他，他要往写小说这条路走；他对小说比我更专情，真怕他以后为小说殉情。想起来真为他害怕。如我把心里正为他害怕的话喊出说：糟了！我的儿子是写小说的。这让太太听到了，我一定挨骂。经你这么叫，好像听到警局打来的电话，说儿子是小偷一样。写小说有什么不好，你还不是也写小说，穷得要命，我还不是嫁给你。太太既然支持过我写小说，没有理由不支持儿子写小说。说的也是。

我还是担心他以后的生活，我还是要把心里的那一句话，拿来当着不成序文的标题"糟了！我的儿子是写小说的"，以后黄国峻因为写小说潦倒时，我还可以说，以前我在序文里就警告过你了，你不听。

玩笑归玩笑，黄国峻写小说，又能出版，我莫名的高兴。谢谢所有支持他鼓励他的人。

——二〇〇二年三月十五日于东华大学

自　序

这里集合了几篇简单的故事，大致上都是去年间写的，内容多半浅显，字数不多，意在自娱。形式上虽称不上小说，但至少表露出我对此一文类的部分印象与向往。

得知长辈们经常强调，写故事应当讲求通俗易懂、注重故事性，而雅俗共赏亦是家父平日提点再三的原则。我反省了许久，觉得颇有道理，于是试着先从写故事学起，这果然合于先练走步再习跑步的道理，但就怕我站也没个站相。

这期间，我发现要丢掉先前的缺点，不见得比学取未有的优点容易。因此故事的模样或许不免仍有几番老样子。这好比日用品，再坏的东西用久了总有份感情，不仅一时还改不掉习惯，有时反而苦心留守。只希望这甩不掉的是好的风格，而非旧的毛病。

写短的故事最忌一派天真，更怕套上大道理，执笔时心头这一缩一闪，有些不像在写作，倒像是在练功，几天下来，往往没写成个篇章,还酸了手、渴了口。原本我欲在此写些个人见地,学学读书人模样,不料竟是恣意闲话,如此一般。对诸多想法与谢意来说,这序压根太短,不过对能者多劳的众望而言,这序又着实太长。

——二〇〇二年元宵于台北

驯控

傍晚时才打开店门，让屋内透透气，他依然坐在角落的桌台前，修理那部永远也修不好的老时钟。戴着右眼的鉴视放大镜，他的腰和背和脖子全屈弯成一弧形，脸贴在放满零件与工具的桌面前。大家都知道王老先生是个古怪的人，然而老年人古怪却又是很正常的事。

　　钟表的机件发条是组织很复杂而严密的，所有连接和位置都是有道理且不能变更的，一旦试着去明白就会入迷，他心想这真是一门奥妙的学问，一件巧夺天工的艺术品，非得把它修好才行。要是他完全不懂还好，挫败几回大概就自然死心了，问题是他还真懂得一些构造，只要稍微装对了一两个部分，就得到强烈的鼓励，反复回味个没完。

　　一段时间过去没进展，他也曾考虑放弃，但是一想到半途而废，岂不是以前白做了，于是赌注一下再下，等到一输才后悔之前为何自己不尽早罢手。他期待奇迹能解救他。

　　王老先生这家小店的命运，被他的一种欠缺现实基础的乐观态度所害。这家店已经很难靠观察来确定它到底是在卖什么的，尽管他本人宣称这是个学生用品店。店里什么杂货都找得到，有食品、工具、衣服、书籍，甚至还有乐器和天竺鼠。也没错，本来学生需要的物品种类就很杂，学美术要多少东西？学科学又能省略什么器具？户外课不用几样基本材料吗？于是他拿不定主意，一阵子卖起玩具，隔一阵子又认为零食才是长久之计。等到几天后有人来问有没有羽毛球时，又马上对一箱箱零食望而生厌。

不能怪人家问错店，是他自己改换再三。之前人家记得这是家书店，结果这天人家却是站在一堆球类旁问有没有哪本书。渐渐地就很少人再来上门了。他很怕被问到一样自己没卖的东西，有一次他还假装去仓库找，说他一定有三号订书针和旗子，请客人等一下，其实他是从后门溜出去，跑到隔壁家去买来充货。人家见这人买这种东西居然急得像找大夫一样，不禁既纳闷又发噱。

现在他完全没钱财了，有的只是这一屋子混乱的杂货。什么东西确实在哪他不知道，甚至自己有什么没什么也不清楚，最后干脆连门都不开了。

这天晚上意外地来了一位访客，这位年轻人是个外地来的学生，面容温和但神情却相反地严厉。一推开门就漏进一股久堵门外的冷风，她站在唯一尚未堆放一箱箱货物的空间处，向屋内扫视了一圈，她说想要找一款旧式的文具配件，已经停生产的耗损品。王老先生没从位子上站起来，只是伸手指着一处，说大概就在那里一带。他提不起以往的热诚，叫人家自己去翻找。他看这年轻人一眼，再转头看了自己的店一眼，怀疑这里看起来像是有引人进来的样子吗？他有点想表明这里已经不做生意了，否则这种景象实在令主人相当无颜；他不曾叫人家自己去翻找。

为了让找了一会的客人快走，他才帮忙去找。移开一个底层的箱子时，他惊讶地看见地上居然盘了一窝小蛇，他一打算拿个容器先盖住它们时，不料害怕的小蛇随即灵活地窜逃四方，不见踪影。他警告对方小心有蛇，这年轻人一听不仅没有慌张的反应，甚至异常冷静，马上叫他不要移动，瞬时这两人便不动地站在原地，宛如石像。

接着这个陌生人慢慢身姿屈蹲，两只手虚垂微触地面，他不知道这人在做什么，但也不敢立刻问。就看她微微噘起嘴皮，口中发出细小的声音，尖高而断续，不像一般人口中能发出来的怪声音。正当他还在疑惑时，却眼见那几只小蛇居然听话地一一从纸箱间爬出来，乖乖地爬到那人的掌上，好像主人唤回养了很久了的宠物。

王老先生一时讶异得连该怎么问话都不会了。将蛇送进一个玻璃容器后才破口说话：

"你这里有养过老鼠对吧，已经被母蛇吃掉了。"她把罐子拿起来对视。

"我以为是白鼠黄鼠自己逃跑掉的,她怎么……我是说这是怎么回事?"他精神一振地注视着这位外表平凡的女孩子。

"没什么,我刚好会驯兽术,这种蛇不会要人命的。"这女孩原来就是因为会使奇术而被家乡的人赶出来,她自幼就从家传宝上学会驯兽术,不光是蛇,任何一种动物她都能靠指令轻易地驯服,即使是凶猛巨大的野兽也不例外。他努力保持客观的半信半疑,不要显得太容易被拐骗的样子,尽管他心中十分佩服。

女孩说她来这地方一年来,都未曾在别人面前表现过这奇术,一心只是想好好求学,当个平常人,希望老先生千万保密。一番请求后她空手离开,看着那怀有奇技的身影走出店门,他失神分心地慢慢移步到原来的座位上,两眼呆瞪桌面,这时他忽然觉得那具老时钟太可恨了,甚至包括整间店,这些物品占走了他太多时光,可恨到想放把火全烧掉。不知道为什么,此刻他最想做的唯一一件事,就是学那门奇术,他愿意付出一切去学,盲目到一点也没设想会了驯兽术有什么用,要去做什么。

跑步追上去,看不到人,心一急几乎开口叫唤,可是他还不知道人家叫什么名字。跑了一个路口,才好不容易望见女孩的人影,这次他并不再顾虑自己的形象,一开口就说清楚了来意。女孩注意到附近有人在瞧,于是不安地想走避,毫不讨论就频频回拒。老先生见情势不如期待,于是脱口胁迫人家:

"你不教我我就告诉别人你的来历!"这样才叫住了对方。

她叹口气慎重地说：

"我是在帮你，而你却自找麻烦。驯兽术是什么你都不知道，你才会起这愚念。远古的祖先生活在原始的野外，为了抵御兽类侵害，才靠魔法创出一套驯兽术。而现在是文明时代，根本不需要它，谁将它从远古再带至今日，必定会引来浩劫，你不知道我为了习术付出什么代价，竟就如此为难我，真是恶劣。"她眼神非常不悦地直视对方说。可是最终仍敌辩不过，只好草率答应去店里再教他，这才把他打发走。

两只邻居的狗夜里大声地吠叫个不停。一阵热切地幻想过后，王老先生冷静下来自省一番，心想会不会又是老毛病犯了，对一个新的想法总是一开始过度渴慕，接着却又陷入犹豫不安中。他走回工作台，就站在一旁看，忽然觉得这好像是个藏身的地洞，一躲进去自己就会瞬间变成，或说恢复成一个不知道自己是什么的小生命，甚至这间屋子，这个久住的地区，都只是放大了的坑洞，他若无法跳脱出来，永远只会在没完的犹豫中受苦。他还思省起该不会其实对那女孩有不轨的想法，今天若是换成另外一个人施法的话，自己还会如此沉迷吗？想不出结论，他感到被刚才这场空想欺骗了，根本没有什么坑洞，这不就桌椅而已；全是自作聪明的把戏。

几天之后一个晚上，她独自来到店里，为了怕被别人注意，他们关上前门到后面房内，她看起来似乎对这整件事的发生并不意外，所以才会在表情上始终冷漠镇定，对于房内的物件毫不留意。当他想多知道她的背景时，反而被要求专心于目标，她的配合及诚意有些令他难堪与不安，但是这并非他想表示的，何况教学的约定正已展开。

首先他必须静坐冥想，虽然很不想，但也只有暂时继续把这个局面维持下去，他才保有选择权，一个可以好好犹豫下去的空间。

在闭目冥想时，女孩在一旁以柔和的语调说着指引心思操控的话，那听起来像是有人闯进了他一向独言独语的心思之谷中，他不知道该把它赶走，或是该问它是怎么进来的。女孩绕着他走绕，一圈圈划出声的环场，他越想摆脱这漩涡，就越明白它的无法如人所欲。他有一刻以为快睡着，可是那声音又能把人吵得无法成眠。

几次相同的经验过来，他并未察觉一切与从前有何不同，他期待被问一些可以拉近距离的事，但陌生却从来不是那女孩所在意的，她眼中每个人好像都有一个共通无异的地方，类似吃睡这样不必存疑的把柄，只要懂得利用，就能轻易地与人充分地在某方面联结。

在她能使法的境域中，她就是个女王，光是威严的气质就能打消他侵犯的念头。她使任何不符合预料的事都显得像是一种侵犯。

即使她走了或还没来，脑子里还是浮满她的言述。将自己所有钱集起来，只有一点不起眼的积蓄，盼她接受这份心意。

当走过橱柜旁的一面镜子时，老人看见了一个人，那是自己当然，他这一刻看看手中的钱，有些不知道到底这是在做什么；再抬头注视镜子里的景貌，好像等着要听一番训示；他一走出镜子前便又开始不顾理由地凑钱，一心只想取悦对方。镜前那个位置空在身后，他发现只在那个位置他才不会听见浮满脑中的述言。

也许学一样功夫就是这么无法容许主见，改变不正是更靠向成果？说不定再过不久，他就会完全变成令人另眼相看的陌生人。可是就从这时起，那个女孩再也没有过来找他，也没有任何通知便偷偷消失了。

更奇怪的是，他一点也没有生气，也不再去找或打听。这段时间他乖乖地缩回原来的轨道，修他的钟，甚至卖了几样东西，好像根本没那回事。唯一的不同是，他不再走到镜子前，他无求于镜子，认为镜子里有的只是幻影。

有一天，他在市场中看见一个被许多人包围住的摊位。那是一个卖艺的老流浪汉，他有一只猴子、一只白鼠、一只瘦狗，全部都会表演，任何指令只要一下，马上就熟练地耍弄起各种把戏，加上主人风趣的语调，在场所有人都被逗乐了。王老先生入神地也一同观赏，每个细节都不错过，他晓得这是训练出来的成果，但是看起来却像是主人完全明白这些动物明不明白他的意思，好像他在协助无知者发现自己其实能做什么。

每个动作完成就得到食物，这是使得整个表演能够成真的唯一基础；一刻也不能迟给。只要养大的就会听人话，会听话熟了就能训练，这不稀奇，他想。如果被法术驯收的话，那动物到底知不知道自己是被摆布招遣？蛇是失去自主力还是自主意识才会投向那个女孩呢？他有些想要去学校找她，再问问这方面的事，手上还有一点钱要给她，他担心用金钱表示友好似乎显得不当。他很苦恼于自己凡事都做不了主，总是回避做决定。

突然间，四周的笑声换成了另一个调子。那只猴子居然拗起性子，硬是不服从主人的命令爬到大球上，多试几次还是不行，脱了剧本使主人又糗又急，可是又不敢当场打它。这种情况已经很久没发生，主人勉强镇定才说完几句化解气氛的话后，又斥责起猴子，模样更加惹笑。人群里有人大声说："你自己爬算了！"又是一阵大笑。接着猴子更加躁动了，因为正处发情期，凶暴的样子把些人吓走了，它在一阵挣扎时咬伤了主人，趁机逃走，脖子上的链子垂甩，一下就逃得不见踪影，人群也跟着逃散，王老先生站在原地，一阵头昏眼花使他想伸手抓个东西扶撑。

弯腰扶撑膝盖，侧过头他看流浪汉在混乱中分心于伤与动物，于是一时起念便偷走了置在地上的钱盒。他不曾如此具有决断力，几乎是毫不考虑就直接行动，好像瞬间轻易就变成另一个人，是什么样的人不重要，重要的是他可以透过此举摆脱原本老旧的那个自己。混入人群中，他放慢脚步，装作完全没有刚才那回事，口袋里那一把没多少钱的硬币令他感到无比富裕。他认为只要没被捉到，那就可以不必费心自责，别人一定都做过很多他无法想象的事，只是他不知道、人人都不知道而已，现在好不容易轮到他了。

在快走到店门时，身后一个人超上来，原来是女孩终于又来找他，不同的是手上抱着一个由衣服包得看不到的婴孩。他很高兴地开门请她入内，一进门看外头没人，便放下手上的布包，结果一看居然不是婴孩，而是一只猴子，猴子正昏睡不醒。他惊讶地照她的话去准备笼子，回来仔细看清楚，并听她说在哪捉的，才晓得这就是刚才从卖艺人手上逃走的那只猴子。女孩接着口中吹出哨声，猴子便从笼子里一下醒来。

"它真是可怜，主人为了训练打它，还让它饿肚子，现在它发情了却远离了族群与笼子在一起。若是放回山上肯定又会被捉。"女孩说。他注意地听每句话，看那每个可能藏有法力的动作。为了表示心意，他将一笔钱在女孩随后要离开前拿出来，她考虑了一下，看着对方没有隐瞒的眼神，靠近过去，收下了钱袋，然后右手伸过去拍拍他的肩，他蹲坐下来接受这个渴望得到的小动作。他觉得自己的一切心思完全被此刻面前这陌生的年轻人所看穿。

"我了解，你好好照顾这只猴子，要像是对待自己的同类一般。驯兽术最重要的一课，就是把一切异种类生命看成是同种类。我还会再来找你的，别担心。"女孩说完就披上那件沾了一些猴毛的外套走了。

晚上,他独自坐在笼子前,看着那只慌张不安的猴子,看得十分入神。有一刻他似乎体会得到猴子的心思情绪,可是那一刻回头一想,却又无法体会到自己原本的心思情绪;他无法同时分成两者。在频频暧昧的进退间,他感到十分迷惑,好像手脚和心智不再交合不分,两方面都不敢妄动使此事实更不容置疑。

几乎他就要与不安的猴子一同发疯起来,吸了一口气,两手捏抓头发,他痛苦地跑出门外,顺着路灯的带引走出去。他像是某种不断延烧出去的火焰般走在易燃的道路上。

一排位在学校附近的热食店。灯光照亮那光滑的桌面以及金属的、瓷的容器,他几度停步看着平静如常的店员的动作,当别人也在看他时,他才走开。他恍惚的神情使人不敢正眼看他太久。就在一个老妇忙着服务客人时,他瞧见一个钱盒没人守,于是又突然抢走了那盒钱。店员和儿个客人发现了,立刻追上去,马上就将他压在地上挣扎,其中一个还趁机正当地动手打了他一顿。

"好了,别把人打出事来,教训一下就行了。"这群人围着他,既能随时扑上去咬死他,又能保护他免于受苦,全看情况应变。

警察先是送他去治外伤,再带回拘留所,将他用手铐锁在墙角,手铐使他有些激动地拉扯,直到手痛才停下来。对面扣留室的铁栏杆也令他十分紧张，一旁警员的问话有些令他不知道怎么回答，答非所问了一阵，警员们认为老先生大概有些脑子不清楚。

"我想给她一点钱，因为我不该威胁她教我。"自言自语着，"如果不教，她就不会来，我很想看她……"低头沉默发愣。一杯水握在手中，水面颤晃。突然大声地改口说："我被她骗了，她骗了我的钱，利用我，用巫术迷昏我，我没有对她怎么样，我头脑很清楚。"声音渐渐变小，他累得睡着了。警员正在和一名喝醉的流浪汉争执。

这时候拘留所里不知从哪跑来了一条蛇，蛇沿着角落慢慢爬向他，狠狠咬了他一口。

警员发现后将毒蛇打死，而当要叫醒他时，才知道他已经昏迷过去。那条毒蛇口吐鲜血死在大门前，看起来像是为了执行一项任务，光荣地惨烈牺牲。

——二〇〇二年三月号《联合文学》

四个变异的童话

1 杰克与仙豆

神奇的绿色巨大豆茎，高高长上了天际，小杰克在这条直通云霄的藤蔓之梯上，拼命往上爬。

虽然路途漫长艰辛，但是一股内疚的赎罪意志使他不至于半途而废。杰克深深为自己听信商贩，把所有财产拿去换了一袋只为了满足好奇心而没办法吃饱，还让母亲对他的期待完全落空的仙豆这行为感到惭愧与不安。他觉得自己实在愚笨得没有颜面再留在那个会受到异样眼光看待的地面了，他早就想去到一个没有人看见他的远方了。

明知道爬上来很危险，也不知道这豆茎会带他去哪里，但是杰克相信自己必须这么做才行。

"妈妈，我要爬这豆茎到天上去瞧瞧，也许光亮刺眼的太阳上，会有一大堆黄金等着我去拿。我们太穷了，这仙豆一定是老天爷要帮助我们的。"

"傻孩子，别去那么危险的地方。你岂能一错再错，也许这是个骗我们穷人的陷阱，要是你被人捉去卖掉，那妈妈一个人要怎么办?"

"我实在无法对这仙豆长成的仙梯视而不见。这次我会小心的,以前我总是样样事情都做不好,连累了妈妈你,我若回不了家也没什么不好。"

"孩子,你犯的错是你太善良,你总是相信别人、同情别人,奈何这天底下的好处只属于虚伪和奸诈的人的,所以我一直不敢教你是非对错,深怕你吃亏或学坏,这是妈妈的过失。你该知道自己的愁恼是出自于为人正直,如今若这条巨藤能教你学会相信自己、学会勇敢,那妈妈也没理由反对你爬。"杰克在途中一直回想告别时的对话。

刚抵达云端时,天界的一片明亮洁白,令他兴奋地忘掉了浑身疲劳。坐在柔软的云土上,远望辽阔无边的四方。在身后不远处,有一幢孤立的大房屋,走近一看,这房屋巨大得吓人,相比之下,他的身形几乎和一只甲虫一样渺小。在屋外一旁还蹲着一个埋首啜泣的小巨人,这位小女孩的外貌与一般十岁的人相同,只是身形巨大如楼房。杰克小心地走过去,他很想仔细看,却又怕被发现。

可是他的机警闪避仍敌不过巨人的随意察看。巨人在移动脚掌时,注意到了紧急退躲的杰克,伸手翻找。

"好小的人!你是谁,从哪里来?"她将大脸扑近,杰克并没害怕,甚至好像很得意事实如他所料。不过是有点紧张得说不出话,也许这不害怕的模样全是装出来的。

"是你太巨大了，这里每样东西都好大，把我吓呆了。"巨人以笑容让这位回答着不可思议的答案的访客感到安心。他们都从对方的话语中听出可以信赖的善意。

　　"没想到我以前的天上，居然住着白头发白皮肤的巨人，我回去一定会对大家说，但大家一定不会相信。"

　　"真想去看你们住的地方，我不晓得自己多巨大。"

　　"我才不想回去被大家嘲笑，除非我有财富。"

　　"要是我能够遇到别人，就算被嘲笑也没关系，我不想和父亲住在这个没人的地方，我要爬豆茎逃离这里。"他们同情彼此的遭遇，但又无法帮助对方。因为担心父亲随时会回来，并且发现杰克，所以女孩将他轻柔地捧起来放在上衣口袋里，继续提水回去准备做面饼。

　　"我父亲在橱柜里藏有一小袋金沙子，等一下我把你藏在放针线的抽屉里，晚饭后如果他去睡觉，我可以偷走他身上的钥匙，帮你拿一些金沙子，你就能回去了。"

　　"你不应该为我冒这么大的险，万一被捉到怎么办？"话还没谈完，厚重的脚步声就打断了一切。关上的抽屉使杰克身处于一个漆黑而寂静的奇境中，他原地坐下，背靠着一卷棉线。不密合的一道细缝漏进微弱的声音与亮度。杰克一直反刍着小巨人给他的亲切印象，没有人对他这么好过，把他当自己的一部分似的照顾。小巨人的手本来可以轻易捏死他，但她却控制得极为温柔，并且为口袋中的他放慢动作，这份感动很强烈。

他崇敬巨人拥有的强大力量和体形，想象起来就觉得兴奋。

巨人父亲的脾气很凶悍，他对女儿的怒斥声令即使没生命的物品也会颤抖。杰克想起母亲的话，便认为他拥有很多金沙子，就表示他一定非常奸狡猾。杰克心想要把他所有黄金偷走，让不配富有的人反省一下罪过。但这谈何容易，杰克甚至觉得自己利用了巨人女儿当手中的剑。要是他知道黄金被女儿偷走，会不会变得更加凶恶？他是那种把黄金视为一切的人，根本不可能反省，也许他不该破坏黄金对人的驯饲，惹他生气。杰克顿时感到渺小和贫穷是不会改变的宿命，他想就这样回家去。

没想到这时候抽屉轻启，女儿将杰克取放在胸前口袋，悄悄潜入父亲的卧房，连句耳语也不敢说。女儿全身的发抖摇动着口袋里的小人，她一意识到自己在做一件多危险的事时，就忍不住要阻止心中那个怯懦的声音，她几乎快要闷死心中的软弱的声音，这恶行的疯狂令她亢奋，她知道自己即将和杰克逃离这片惨白的云端，她的生活将在另一个未知的新世界展开。真迫不及待想走。

就在她要伸手去偷父亲身上的钥匙那一刻，一声屋外的雷响吵醒了他。女儿紧急缩退到床尾，一动也不敢动。杰克看到她真的决心要这么做，实在也不忍心阻止她冒险，并且他一想到用不完的金沙子，不知能让他以后过着多美好的日子，便无法再保持之前高尚的操行。

她的巨大心跳就在杰克背后强烈地击动,体温蒸出的汗雾湿了他全身,杰克不曾如此亲近过异性,虽然这保护他的人只是个心智未全的小女孩。这段躲避的时间很久,她还不能确定父亲究竟熟睡了没。

他们联手费了不少精神,逐步偷出锁在柜子里的金沙子,然后便匆匆溜出屋子,找出前方某处冒出云土上的豆茎。杰克觉得自己成了英雄,妈妈和邻居一定会赞美他。

"我就是从这棵巨藤爬上来的,下面就连接着我住的地面,我们一起下去吧。你在犹豫什么事呢?"

"我有一点害怕,这个抉择太大,我可以相信这就是我的好运气吗?万一遇到什么坏事,我想象不到。"

"也许这巨梯其实是为了接你下去,而不是送我上来的。不要害怕,是仙术带我们走这条垂直的桥。很好玩的。"巨人带着杰克一步步往下爬。夜色将地面的人间变成无底的深渊,不知道还有多远,唯有踏上地面才能停止她的脚步。头顶上的云层越离越远,他们系在这条长丝上,缓缓在半空中向下界降落。这路程长如一个枯燥但却必须有的仪式,杰克在口袋里睡着,有一刻他竟以为这是睡在一艘漂流于无垠大海的大船上。

早晨时,他们抵达了地面,巨人全身放松躺下来,就躺在几户人家之间的空旷农地上,手脚伸长地休息着。她觉得结实的土地和空气中植物的味道真令人舒服,她一开始就喜欢上这里,连看都还没看,她就相信这会是个仙境。杰克抓了一小把金沙子，赶紧跑回家去，他兴奋地推开门大叫妈妈。没想到母亲生病躺在床上，表情痛苦。原来她整天担心儿子安危，根本没吃多少东西。

"妈妈，我从天上拿了好多黄金回来，我们可以看医生，你爱吃什么都可以。"母亲看了他好久才轻声说：

"我一直担心你回不来，昨晚我一直看着天空，可能着凉了，没关系。孩子，我总觉得，如果我们是没有感情的人，那我们该会有多快乐。"杰克勉强露出微笑，没有说话，低头看看手上的黄金。这时候屋外传来议论声。

"你们大家快来看，田里有个好大的巨人！"

"她一动就会踢毁我的房了，太可怕了。"

"这是从哪来的怪物，她把我的田地压坏了，一定是从这棵鬼豆茎上爬下来的，都是杰克那小子。"杰克冲出屋外，跑向慌张不安的巨人脚边，面向大家解释：

"她不是坏人或怪物，她只是个女孩子，她不是故意要吓大家或是破坏东西。"村民们愈聚愈多，而且手上拿着各种棍刀和石块。巨人害怕地逃离这群凶悍的人。她每跨一步就造成程度不同的对村子环境的破坏，简直就像可怕的风灾水灾肆虐。她找不到够大的地方躲，所有人都看得见她在哪。

着急的杰克努力想办法要保护巨人，可是对于激动的群众来说，所有情理都讲不通，于是他决定站到落在一旁的大袋子上，大声地对他们说：

"我这里有一大袋金沙子,看,这些全都给你们,求求放过这个巨人,她以后还会帮我们拿更多黄金。"

"这么多金沙子,我们发财了!"大家纷纷过来拿,后面拿不到的人,一直喊着说要公平分配,我们是文明人。于是大家开始很守规矩地瓜分那袋黄金。

杰克趁这个时候跑去找蹲在树林中的巨人,他说:

"很对不起,我们的人吓坏你了。你最好还是回到天上去,这里不适合你住。我以后如果有钱,一定会拿金子去还你。你是个好人,我很舍不得分开,你快走吧。"巨人用小指尖点了他一下,便马上告别离开。巨人迅速地在巨藤上攀爬,她觉得全身疲惫无力,思绪混乱。尤其一想到杰克,她便在半途停了下来,忍不住地回头看了地面一眼,那一刻她突然觉得天旋地转,头晕目眩,结果就从半空中摔下来,摔死了。

巨人的洁白尸体就躺在一阵飘来的浓浓晨雾中。杰克伤心地坐在豆茎下,看着窜上天空的藤蔓,好像那每片叶子都想从此弃根弃土地飞去。这时他拿了一把斧头将豆茎一口气砍断。豆茎高高地倒下来,把弥漫的晨雾劈赶开来,结果巨人的躯体不见了,但是天上却多了一朵白云,那朵云的形状,看起来就像是一个巨人。

2 小木偶皮诺奇欧

话说一位独居的老木匠,为了排解寂寞,倾全力雕制了一尊精美的木偶做伴。天界仁慈的仙女在察知这份情感后,善意地用魔法赐给木偶生命,实现老木匠的愿望。可是人间多是非;起先小木偶经历不少试炼,后来才慢慢从挫折中学会谨守良知,并以勇敢的义举证明了人格的存有。仙女见此,便满意地又将他变成真正活的男孩,使老少两人得以共同快乐地生活在一起。

可惜几年不到的岁月过去,年老的穷木匠便去世了,留下男孩皮诺奇欧和一屋子锈钝的雕刀、杂乱的材料。老木匠临终前还一直担忧男孩将来要如何以那一点还不熟练的匠艺谋生?男孩从此辍学在家练雕功技巧,偶尔将刻成的小人偶卖给以前经常向老木匠收购成品的艺品商人,靠人家的同情心赚一点钱填肚子。

察知他饱受生计和邻居的多种伤害时,仙女看在眼中不禁感叹世事难料:

"这是我造成的吗?难道善念与仁慈在人间是不可行的?为何付出越多反而帮助越少,我给人幸福,但他们却收到痛苦,我该怎么办?"内心自责的仙女,愧疚得再也不敢干涉人间的事,连看也不看一眼。长成少年后的皮诺奇欧依稀记得童年时曾目睹过仙女,但是他开始怀疑也许那只是小时候的幻觉,或者是逼真的梦境。他无法解释自己为何没有亲属、为何从木偶

之身一跃成人,他以前一直很期待仙女能再出现一次,回答一切问题。但是现在:

"我才不稀罕你的帮助,听到没有仙女!你不要再让我看见。我知道你根本不敢看我一眼,因为你自以为很仁慈就了不起。"他完全失去耐心,甚至恨起了老木匠:

"你这个自私的老头,你的愿望太疯狂了,你怎能让一个人只为了和你做伴而诞生,你不该为自己以善良诱拐仙女施法而感到羞耻吗?"独居的生活并无法令过早体验其艰难的人,对它持有正面的看法。再加上镇民多半不接纳身世奇诡的孤儿,所以他自然变得很冷漠,别人也自然不肯来化解他的冷漠。

"听说他是老木匠替一位逃犯收养的孩子。"

"记得他小时候爱说谎、爱逗英雄冒险,然后又装得想讨人喜欢的样子。如果孤儿会乖,父母不就多余了。"

"我看说不定他是魔鬼附身的人偶,难怪老木匠活不了多久。"邻居说。少年不理睬这番流言中伤,他甚至以树敌为乐,故意雕刻丑恶的妖怪木偶吓人。如今良知的呼唤声在他深夜听来,只是像蝉鸣蛙叫一样恼人罢了。

那位艺品商人虽然很同情少年,但是他并不想和少年来往太深,因为能博取他同情的人,必定是不好相处的人。事实上就是这么矛盾,见死不救也不行。

"老木匠是很客气没错,但是相处一下就会发现,他太自我中心,浪漫到幼稚的地步了。他只会拼命奉承那些能满足他要人家听他说话的需求的人，深怕人家跑掉就一直恶贬自己，一副乡巴佬的模样，任谁都受不了，虽然他的手艺真的很棒。"商人对邻居说。他的资助并未得到少年的感谢，当然商人从未期待他可能回报任何好的言行。

"要哪尊就拿去，都在桌上，桌子也可以带走，要不连我也带，我也是木偶，我对穷困麻木，对富裕不屑。"

"孩子你还年轻，不管以前发生过什么事，你不需要阻止自己成功。我知道我说什么都没有用，但是要知道，这世界并不只是你一双眼睛所看到的这样子。"

"木偶怎么可以变成真人？我本来是棵没有思想的树，我不该是个人，我不必知道这世界看起来是什么样子，我要回到山林中结果子撒种子，然后枯干腐朽。我没有一个木匠父亲和仙女母亲，他们是偷盗！"当少年用这些话把唯一会靠近他的人赶走时，心中觉得十分懊悔，他不知道自己为何如此不友善。接下来有一段很长的时间，他放弃了雕刻，完全不再动手谋生。他经常整天躺在关上的大门内地板上，听着屋外传来的各种声音，远近、轻重、缓急变化，无法预料而充满连贯性。他听得入迷，同时回想起了小时候的经历，鲸鱼的肚子、变成驴的人、逃学的玩乐，他不记得事情的顺序和细节。这些回忆的趣味使他对现在的孤单更无法忍受。

每当屋子里的狭暗已经没有空气让他的喘息减慢时，他便格外地听得见屋外那些惹人生气的笑声，那是年轻男女寻欢作乐的音效，利如刀刻，好像人人都要用各自的主意，将他再雕刻成另一个样子，一个更丑陋的人的样子。有一晚他忍不住修整了外表，想要试着与其他少年同行。他不敢跟得太近，明知这样不可能有机会和人说话，但是只有维持这段距离，才能使他不打消和人说话的期待。那群人走进前方的一间传出风琴合奏着轻快三拍子舞曲声的小厅堂，他站在树下眺望那扇不知何时又会有人影闪过的长形窗口，不敢过去。看了一下，有人走出厅门，那对男女抛掷着串串笑声，往阴暗的小巷走去。在隐入暗巷之前，那个女人忽然回过头来看他，少年马上转过身子走开。他一想到别人在看，就很担心自己看起来的样子，他觉得自己走路的样子很不自然，神态虚假而飘浮，动作僵硬。当他再回头看，那女人早就走掉了。他小声说：我真是愚蠢得可笑。于是那狭暗的屋子又将少年如一只拇指般含入口中。

　　围绕着他的是木制的桌椅、提琴、饰品和屋体本身，他觉得到处都是人的意念，多到没有够大的空隙容身了。他活在人境中只因为人的意念牢固地紧包住他，他说：这世界被人拿来将我包围起来，密不透气，我感到濒临死亡，我不相信感觉的真实性，所以认为自己很孤独。反抗！拿起刀来反抗！少年全身被股热力窜满，他不顾一切地拿起一把雕刻刀，直接朝向立在墙角的大木块挥削过去，一片片卷曲的木屑不断掉落到身上和地上，他像只挥爪的大猫般，努力把力量组织成一股暴风，攻击那纯朴的木块。

那些去掉的部分愈来愈多，零乱地散布开来，离出处本体很远了，绝对拼凑不回去。都是他的那股力量和意念造成的，都是他。他想要倾全力雕制一个木偶来做伴。

　　这是一个容貌很美的人偶，有点像之前他在路上看见一眼的女人，又像他印象中见过的所有的女人，这些见过一眼的女人全都像一个人，少年不能确定这是谁，这人在许多以前未刻完成的时刻，都会浮过脑海，对他说：

　　"完成我，快把我刻出来，让我出去。"声音微弱。

　　"你是谁？我刻不出来，愈接近完成，我就愈不确定再来怎么刻，你的影像模糊，我无法完成这作品，除非知道你是谁。"这个现在几乎完成了的人像，霎时把隐遁多年的仙女引来了，她瞪大眼睛看着这尊人像，仿佛是在照镜子似的，因为这人像雕的正是仙女她的容貌。

　　看见仙女再次显现，他惊讶万分，全身疲软，两眼冒着泪水看着依然貌美的仙女。仙女姿态优雅地转过身。

　　"我亲爱的皮诺奇欧，你还记得我。我很想念你。"

　　"我等了好久，我找不到你。"声音微弱。

　　"你的过去我都看见了，我无法不看你，因为你是我的好孩子，我一直相信你有一天能体会到我的爱。杰比多老先生是个了不起的木匠，他雕刻的木偶带给许多人快乐，他认为这是个可以想办法在里头得到快乐的世界，那为何不去做。你是个大男孩了，其他的小孩还需要我，你可以照顾自己吧。只要你不躲避我，我永远会与你说话。我曾经活在人间，我也将活在任何你所爱的人身上。再见了。"

皮诺奇欧从此努力学习技艺，成了个好木匠，不管环境依然如何不利。虽然他一直过着独居的生活，但是每当他专心于雕刻木偶，便会得到许多的乐趣。

3 龟兔赛跑

有一天，兔子在酒店喝醉了，他站上桌面大声说：

"我是世上跑得最快的动物，如果谁跑赢我，这袋钱就给他！"大家都知道他不是认真的，只是说说大话娱乐罢了，没人理他。坐在一旁的豹和马心想：这家伙又来了，真是老毛病不改。于是对兔子点点头笑着说：

"对，你最快，因为你老是被狼追，所以逃命逃得最快。"大家笑成一堆。兔子说："你整到我了，我喝！"这时候坐在附近的乌龟听得十分生气，觉得兔子太嚣张，应该有谁来教训这个瞧不起别人的种族主义狂人。乌龟他平常就是这么严肃，对凡事都十分在意，只会整天思考人生哲学，从不欢笑。

他终于受不了兔子的优越，决定要挑战。他明知自己实力输兔子太多太多，但是也因此他更被自己的决心的悲剧性所感动。他觉得自己是孤独的革命先知，别人的嘲笑反而使他更坚定，因为：众人无知，唯我悟道。他说。

比赛就在酒吧外的街上展开。兔子起先只是取笑他的不识趣，但后来看他表情认真，所以心想做做好事吧，就答应奉陪了，以免伤害人家自尊心。他们要绕小镇跑。

乌龟卖力暖身，低头祈祷，一副上战场决斗的样子。兔子则还在和啦啦队的小妞说笑。起跑后，兔子马上轻松地超前了许多。乌龟虽然跑得很慢，但已经拼命尽了全力，保持这种速度一路追赶。兔子跑到一半，酒精作用困了，于是就在路旁趴着睡着了，一点也不把比赛输赢当一回事。

一段时间过去，乌龟后来居上，虽然疲惫不堪，但硬是咬牙朝终点冲刺。兔子睡醒时想追已经来不及，朋友们笑他跑输乌龟，他很难堪地笑了笑，吐个舌头就没事了，他自己想想也觉得好笑。这时当兔子正要把钱给乌龟，不料乌龟因为体力完全用尽，加上兴奋过度，心脏负荷不了（还有平时缺乏运动）突然倒地累死了。他死前还笑着说："我赢了兔子，我证明了有志者事竟成的真理，我的哲学信念完全正确！"兔子安慰他说："对，你说得很对。"等到他死掉后，兔子拿起那袋钱说："我们继续喝酒，走，我请大家。"于是大家重回到酒店里。有些朋友聊起了可怜的乌龟，也有的一下子就忘了刚才的比赛。结果才没喝多久，兔子又站起来大声地吹牛了：

"我是世上跑得最快的动物……"

1 美女与兽类

有一位资深新闻记者,最近换工作,在桃色杂志上写"奇人奇事"的报导。出于职业良心,他从不窃用现有的外地资料,他一定要亲自行动采访。这情操令他的三个女儿十分担心他的安危,她们私下讨论很久,不敢明说。

"老爸年纪大了,为了采访奇人奇事冒险,太不值得了。我们一定要阻止他。"大女儿说。

"对,这种成果对他的专业来说,根本是污辱,'出事'还好,否则只是浪费时间来破坏声誉。"二女儿说。

"你们反应过度了,老爸知道自己做得对不对,我们要相信他,他想工作赚钱消磨时间,很好啊。"老么说。

"他是故意要我们关心他,才会去冒险,他心情坏透了你看不出来吗?新闻部开除他,年轻人瞧不起他,加上丧偶、生病。别想理由安慰自己了,尤其你最爱钱,就是高兴让他卖老命对吧?"三姐妹差点为此大打出手。

在没有告知的情况下,父亲自己带着照相机、录音机,就依线民提供的资料,去山上的高级住宅区,找一位半人半兽的怪物。他一走进安静阴暗的豪宅大门,就看见这位容貌可怕的主人。他尽量保持平常的态度,避免主人的不悦情绪增强到会妨碍采访的程度。大约持续了好几个钟头,他才全部问出主人慢慢说完的整个经过。

原来这个兽人就是前阵子由经纪人表示出国进修的那位著名电影明星,他本来的容貌已经很美好了,但是他一直还是很不满意,他说不出哪里不够好看,于是不断征求外科整形医师的协助。每个医生都说他美得没地方可稍做调整,再动手术只会变丑,但他完全听不下去,而人家建议他看心理医生,更是被他赶出豪宅。后来有一位医生介绍他一位以法术魔咒为许多女明星整容过的巫婆,他好奇地约她上门来,结果主人怒斥巫婆卖弄玄虚,完全受不了别人善意的建议。看到这个情况后,巫婆将他迷昏,施法将他的脸整形成一张兽类的脸,对他说:"你根本不配拥有美貌,甚至是一张人类的脸。我诅咒你活在自卑感中反省,直到除非你的人品能让别人爱你,你的脸孔才会恢复。"

说完她就消失了,而主人便从此活在见不得人的漆黑中。如今终于有人来陪他说话,自然可以一解心中愁闷。

"但是现在你知道了真相,我不能放你走。"

"如果我报导这个故事,一定有人会同情你,帮你破除诅咒。我如果失踪的话,警察也会找到这里的,我的女儿很担心我。我也很想留下来,我也很怕别人嘲笑你。"

"好,放你走也行,但是你三天后要带写好的报导过来,先让我看,如果你出卖我,你猜我到时会放过你吗?"他答应后,马上回家动手写作,并且把所有故事都告诉三个女儿。

"为了变回美貌才开始做好人,那太现实了吧,谁会笨到去爱一个没自信的人。"大女儿说。

"说不定等破除咒语后，他又变回坏脾气。谁想去当救命恩人，谁那么清高会爱上兽类，又不是天底下只剩他一个好人。"二女儿说。至于小女儿则是坐在一旁不说话，因为她一直很喜欢这位男明星，他长得很帅又有钱，她很同情对方现在的处境，甚至想去投怀送抱。

"你们以前说得没错，也许我是不该接受这个工作，我后天可以去告诉他，不写这次报导了，他是个怪人。但是说不定这篇报导能让我再成名。你们要守住这个秘密，我不想伤害他。"小女儿知道自己已经知道事实真相，所以没办法救他，她为此苦恼很久。另一方面，兽人也因为自己守不住秘密，丧失了解救自己的机会而苦恼着。

就在约定的前一天深夜，小女儿忍不住独自跑去拜访兽人。一进入豪宅，她发现果然兽人有钱得像个国王一样，大厅内的装潢和家具的名贵，使她分不清自己究竟是爱上这里的主人，还是这些物品的价值，就算用测谎器也测不出她真正的想法。当兽人露脸时，她努力克制害怕，没想到他变得这么吓人。她清楚解释了自己的身份和来意，但是她谎称自己并不知道主人的遭遇，只是单纯替父亲来赴约转告，说报导取消了，希望请息怒。

主人看这女孩子长得漂亮，个性温柔且不知情，于是就想利用善待她的机会，来破除咒语。起先他有点担心，不晓得自己表现出来的善良，是真诚的还是有目的？就算用测谎器也测不出真正的想法。

于是这个兽类表现出很有教养的样子，带女孩参观家中每个地方，展示所有收藏品供她欣赏，甚至读诗唱歌取悦她。而女孩也尽量表现出不受外表惊吓，只受内涵感动的有教养的样子。这并不困难，特别是在这么昂贵的屋子内。不过在喝主人亲自调的鸡尾酒时，她心中顿时有些起疑。会不会是父亲被这个天生畸形的怪胎欺骗了，根本没有魔法或明星那回事。她也有点担心对方是否如姐姐猜测的那般虚情假意，而自己只是被玩弄了。这个疑虑妨碍了她的演技，她在喝了一口时差一点喷了出来。

另一方面，父亲在知道小女儿去赴约了后，马上赶往山上豪宅处理。他希望兽人不会恼羞成怒，所以不敢报警，只盼自己能技巧地诉诸感性，救女儿脱困。

可是事实上，小女儿在偷翻阅主人的私人物品，确定他就是那位明星变成的之后，玩得是更开心了，两人相处得情投意合，各取所需。才不到一天的时间就大胆亲热起来了，瞬间便把主人身上缠了好几个月的诅咒破除掉。恢复成明星脸孔的主人，让正好赶到现场的父亲目瞪口呆。连随后跟上来的大姐和二姐，也不禁为小妹的奇遇感到哑口无言。

"我的天啊，妹妹和大明星相爱了，我想他们的爱情才是被施魔法产生的。真不晓得哪位神仙有这种狂想。"

"我想，运气这个东西的用途，只是要让一人之外所有人眼红罢了。"她们上前与主人互相介绍认识，大家一同庆祝诅咒的破除。主人现在照镜子时，不再觉得哪里不够好看了。

　　后来父亲在那篇报导发表后，又重新得到了同事们的赞赏。而大明星也因此身价大涨，许多人向他请教人生课题。另外姐妹们则是因为不必再天天碰面吵嘴而满心欢喜。不过没想到，那位神秘的巫婆也读到报导了，她当时还正在为另一位男歌星整容。她惊讶又纳闷，什么时候真爱变成这么简单就发生的事？活见鬼了。接着她的客人指着杂志上的照片说："这个明星长得真帅，你就帮我把脸整形成他这个样子好不好？"

——二〇〇一年五月号《联合文学》

一只猫头鹰与他

是突然发作的疼痛感,使他不由得松落原本正在做的事,像是一种抢夺,疼痛成了他现在起唯一有的东西。

　　很难正确说清楚这种不舒服的感觉,有一点酸麻和抽刺,但也不尽然是,是由里头发出来,不是某个部位或某一带,一下停停又走,浑身都觉得不对,好像很细长的脉线勃钻贯通,一点力气也使不上。越说是越不尽然,他还要更久才能明确地说,到底这随时在变化的疼痛感是什么样子。

　　没办法像遇到火灾一样走避,无法做别的事,他虚弱地躺了下来,只能和它同在一个私下的地方交缠。他忍不住地叫了出声,只有这越来越强烈的不适,一直将他操控成这不能自主的丑陋样子。他肩膀的肌肉绷紧着,额头渗出冷汗,眼眉闭皱。

　　他害怕现在完全不镇定的感觉,什么原则和主见都没有了,若做什么事能减退疼痛,他一定愿意马上做,不论那是什么事。这个想法的产生,很快地就唤来了一个形体模糊不清的怪人影。这人影面对面地飘垂在半空,手中拿了一颗像果核一样的药丸,以非常微弱的声音向他说话。

惊讶将他的注意力从疼痛上移开了一些,要不是爬不起来了,他一定会像看见鬼似的赶紧逃掉。不过病痛似乎把惊讶的反应变成了一种瞧不起的态度,就是不相信还能怎样。他气愤地把那人影当成施毒刑的仇敌般注视,他不曾觉得自己如此英勇,为了保住这分光荣感,他甚至冲动地愿意把这条脏命,摔砸在对方脸上,要就拿去吧。但是这时候,他身上的疼痛又忽然剧烈了起来,痛得安静不下来,顿时把刚才的虚荣全丢光了,这时他才了解自己的处境多难堪。

"你要不要解除脱离这个疼痛?吃下这半个药,就可以不必这么难过。"

"那另外半颗药呢?"他犹疑了一下说。

"给一个顶替者吃,你们的身体就可以交换,你要找谁代受你的病痛呢?"

"我一个人住在……"他边说边看着屋内四周。明知这种事不可能,但是他再也承受不住痛楚,就试试看好了,也许他等一下还有机会因此寻医求诊。这时候,他看见了摆在鞋柜上的鸟笼,里头那只小猫头鹰被黑布遮盖住了。他想大概就只有它了,伸手指了鸟笼一下没看也没说,那人影于是飘到那里,将另外半个药喂给盖在黑布下的小鹰吃,等了好一会儿,猫头鹰才吃下放在面前的药。

上个星期他去市场买菜时,意外地看见一个脸上有烫疤的老婆婆，蹲在路旁叫卖，摆在前面的是个同样盖着黑布的鸟笼，他不知道里头卖的是什么，所以就好奇地靠过去问。

"小猫头鹰。"她掀开一角回答。

"这是要看的还是吃的？"

"治病。"她还说了些病的俗名，老婆婆晓得这年轻人不会买，只是好奇，所以不太想回答了。在追问几个问题后，站在一旁没事的老先生咬着烟，告诉了他一些治疗的病症以及烹煮的方法，他听不完全懂，但是其中一段令他十分意外。听说最好是慢慢杀死它，因为鸟类在受惊吓和濒临死亡时，身体内会有一种特殊的内分泌，那对食用者极为有益，什么病都治得好。他弯着脖子仔细看着笼子里，缩成一团毛球的小鹰，它轻微地颤抖着，甚至睁开圆圆的大眼睛，看着他的打扰，他把目光漏进去了。考虑了一下，他软了心肠，买下了它。

当天他还去河边挖了一盒土虫子，满心得意地喂饲着。不知是太饿了，或是真的爱吃活蚯蚓，接连几天他几乎时时都在为小鹰的食量挂虑着，没空去挖虫子，就干脆切一些生猪肉丝来喂。这工作不久就令他有些不耐烦了，他尽量要求自己不要为此不高兴。

结果真的不痛了，完全不痛了。

消退的过程是缓慢的，酸麻一点一点地轻轻消散，好像潮湿变得干燥，知觉逐一从末梢处恢复过来，吃下去的药由苦转为甘香。他清醒时是觉得很舒服，就像回到发病前的正常情况一样。但不同的是，现在他正在笼子里，以他那双猫头鹰的眼睛，看着床上自己那让鸟类的心智所占去的人体。

叹了一大口气，终于过去了，一个无病无灾的身体能让心情多么容易愉快，他轻松地拍抖了几下满是羽绒的翅膀，心中有一股欣喜使他两脚爪紧抓住横杆。

维持了没多久的愉快，渐渐地在他感到鸟笼的强大压迫感下消失，他希望这不算得寸进尺，而当那救他的人影在离去前告诉他，等人体病愈再让他换回去时，他发现自己先前做的决定有多么自私而疯狂。

"等一等，你是谁，你在哪里？"他在开口要这么说时，听到的却只是一串鸣啼，咕咕叫的声音毫无语意传达出来。他把硬喙伸在栏杆的中间，用力贴压着，急着想出去笼子外。后悔已经来不及，他认为这样的转变是不对的，就算再痛也不可以用巫术般的奇异方法解决。但是人影已经消失，也许再也不会回来，那怎么办？在努力要打开笼子的门时，他发觉自己对于如何控制这个鸟类的躯体还没有概念，他的翅膀使不上力气，更别谈抓握推提这些困难的手部动作，甚至脚爪站在铁条上还不稳。最后他花了很久和很多力气，才用脸和喙把门顶开了。这个过程中他跌撞了好几次，掉了好几片细羽毛。

好不容易爬出笼子外，就一不小心摔在地上，撞得不轻，没办法马上爬起来。这一次吓得他再也不敢贸然行动，他认为应该先熟悉一下这个猫头鹰的身体是如何控制的。但是在此刻同时，他身后忽然传出一声更大的碰撞声，一看原来是人体从床上滚落下来，摔跌在地板上，口中还一直发出"啊啊"的惊叫声，脸孔表情痴呆，偶尔痛苦地拉皱着脸上的肌肉，两手两脚不自在地到处挥抓，不但踢歪了矮桌，还扯歪了床单。那人的眼神恐惧而深陷于困惑之中，它的动作像幼儿一样笨拙，迟迟无法如愿站立。看见自己的人体这样痛苦地挣扎，他很难过却也无法伸手救助，甚至还必须退后一些，免得被压挤到。

在那人的外表下，里头有着鸟的灵魂。它正在替他承受肉体上持续的病痛。

走起路来很慢。因为怕撞伤了，所以他还是不敢拍翅膀飞。于是只好躲在墙角观察，他觉得自己变得太弱小了，好像什么东西都可以随时要了他的命。这房间显得既长大又陌生，有一刻他甚至想先回到笼子里躲一下，或者至少要飞到衣柜顶上，接近天花板的那角落才比较安全。他很怕有人进来，不知道其实他是个人，一个像是外表天生畸形的好人。刚才头部撞击的疼痛还在，那种击打就好比一个严厉的警告，皮肉又刺又麻。聪明的孩子会懂得要避免错误，做最对的事，否则老师又要咬着利牙猛挥那根竹棍，重重地拍打手心，让人痛得瞬间想赶快把整个手掌丢弃掉，想是立即丢弃掉身上那老是会招来处罚的坏念头。痛才能让他变成懂事的人，无知的年纪就是用来搜集一身的皮肉之痛，牢牢记住后又彻底忘光光。

"学校发生什么事吗？"父亲问。

"老师打了我手心。"

"为什么?"又问。

"我走错走廊,我不知道那条路规定只有女人才可以走,老师认为我如果不绕远路去办公室,就是打算路过女厕所偷看。"停顿了一下,觉得自己不该说到这里,但既然说了就说多一些,"老师认为我的成绩太差,全是因为我对女生胡思乱想。我没说谎,我真的不知道那条路不可以走。"

"这不是老师打你,规定就是规定,你要想成是自己跌倒,摔得再痛也不会是谁的错。也许打你反而是救你,免得太如意会更受不了小挫折。"他听不懂父亲的话是什么意思,只知道同情是不能期待的,还有要忘掉这些事,忘光光。

现在他对何时才能回到自己的人体,忧虑得把脑子里其他所有事都挤出去了。就算会抱病也无所谓,只要能回去,怎样糟都行。

才·离开人体没多久,他就完全想不起来刚才那种疼痛是怎么样的,会不会是吃了什么有毒的食物?或许更严重,他猜想难道天生体质上有什么尚未知晓的毛病?为什么会突然觉得好像快没命了似的疼痛,这种事必须要有专门的学识才能懂,他自己不论活到多老,也是搞不懂这种一定要靠别人来帮助的事。

这没办法像某些学过的科目一样,学不懂就丢掉不管而不会受苦。他一定得去找医生不可,他目前只是个被一个麻烦给困住的弱孺，等到他的人体康复后，他就可以尽快摆脱这个麻烦。当他走近躺在地上的人体时，那人体开始扭动起了身子，它两手慢慢撑起上半身，然后蹲坐着，两臂屈收于肋骨旁，低着头看自己的脚掌，惊异地拍扇着手臂，停顿了一下又更急促地继续鼓拍，并且两腿奋力蹲跳，起先跳得撞到床角，但是再跳两下子后，那两腿竟伸直站立了起来，它放松手臂轻轻垂下，静止地呆站在原地，惊奇地质疑自己与四周，样样都觉得不对劲。

它步伐短怯地向前方移动，走起路来两臂扬张，摇摇摆摆，碰到墙就转过来再走，它并未注意到自己那正躲在床下的猫头鹰的身体。当它首次对此变异察觉，很快便又在疼痛感的增剧下匆匆停止，它蹲下来张口呕吐，跌趴在靠近窗口的地板上，表情难受。从这个角度，它才意外地看见以为是同类的自己的鸟类身影，它眯着眼睛向他发出啊啊的叫声。他知道被发现后，急忙地鼓动翅膀，用力飞到了窗帘支架上，小心地用瘦爪子抓着铁横杆。它以带有哀苦的音色，就这样持续叫了好一段时间。

受不了这一屋子的疯狂，他正努力想要逃出去，也只有出去才能够求救。他当然知道门窗要怎么开，但是这对脚爪和手翼根本没有办法开门窗。他想到厨房的窗子，便紧张地飞到那里。经过几次尝试，他发现飞行并没有太困难，甚至有一种快感，只是现在他没那个心情去领会。

这个窗隔了层纱网，虽然推不开，但是要啄破并不难。于是他用身体的重量，使劲地啄钻并撕抓着，没过多久总算弄破了个不规则形的裂洞。他翻出洞口，望了望巷口附近，趁没有人出现的时候，一段段距离地朝外头飞去。

不熟练的飞行所得到的成就感，是他这段时间内一个重要的慰藉，地面对一只鸟类而言，实在太危险了。他看准了一个落点后才会飞过去，然后再看下一个落点。因为瘦弱加上一阵阵吹来的风，有一次他差一点就在降落前摔落下去，这高度会要他的命，可是如果高度再提升，他反而可以有足够的时间，来从跌落的过程中逃生应变。他告诉自己要飞就飞高，别再接近地面，他愈飞高便愈激动，惊讶另一种生物的处境是如此新鲜。从鹰眼看人们居住的地方，他突然觉得疑惑而不可思议，好像退离得越远，就感到越了解到这地方是多密实地夹绞着那一个个人。他已经快要忘了刚才是从哪飞来，要来做什么的？这片由房屋与人影所织成的景象，好像是无法让他落脚的滔滔江河，壮观而无法测度。

公园里高耸的大树吸引了他，他正需要休息一下。黄昏时归巢的鸦雀，就在他附近来往，他不晓得鸟族间的敌友关系是如何，所以尽量躲藏在较浓密的枝叶后，他开始担心起是否有什么更凶猛的天敌会攻击他，特别是树下出没走动的人。看到人在动嘴，但是完全听不到在说什么，他知道这情况下无法与人沟通，更谈不上求救，就算飞去找父亲也恐怕只会招来可怕的下场。他看过父亲用自制的简陋弹弓，在民宅附近的果树篱外，朝着枝头连射了几枚小石子，父亲指出位置小声告诉他，他没瞧见，但是表面上假装有。结果并未射中那只鸟，他有些怀疑会不会是父亲在演戏，根本没目标——他的投掷一向很准确的，也许是弓不好做——可是自己却回答有看见，如果是这样为什么不拆穿来嘲笑一番？父亲一定是不想伤人，只是心里有了看法，这儿子不诚实是因为从不肯真正尽情于玩耍，只肯远远地看。不，不是这样，没有人会为这种小事在心里有任何看法的。大树微微倾摆枝头的重量，他就在这分重量之中。

肚子饿，到熟食店对面的栏杆上伺机，叼走了一块平时常来购买的烤肉，被发现，幸好这对薄翼，飞越过路灯上方，掉到黑夜沼泽去了。在屋顶上吃，一小块肉就够吃了，家里的那个人体一定是又病又饿，赶快飞回去。

"我刚才看到一只猫头鹰。"一个人说。

当他钻进厨房时，听到了屋子前有人交谈的声音，邻居和房东正打开了门进来：

"我一直听到有人发出可怕的叫声。"

"好像发疯了似的又跌又撞，也没见他出门，刚才则是很安静，不知道出什么事了。"

"这屋里乱成这样，我能不赶走他吗？"

"这家伙病得不轻，说不定快完了。"

"安静一点。"他们不太敢太靠近，只是站在几步之外，望着他虚弱地躺在地上的样子。这人鹰神情虽紧张想逃，但是力不从心。

"你们扶他上床,我去通知他的家人。你们别张扬出去,我不要外人谈论这屋子;快问问他是怎么了。"说完房东就走掉了。这两人喂他吃了一匙疗效笼统的俗药,后就离开房屋了。从厨房根本听不见人家在讲什么,看不见在做什么,只能等关门声过后,才能过去看它是否病情更坏了。

这意识不清楚的人鹰不再威胁得了他,所以他降落在它床头,侧看着彼此,默默无语。他满心悔罪地想,它不应该无辜替人受罪,他也因自己极大的同情无法实践而感到苦闷,他现在的爪与翅,或这一点喙嘴,都无法用来拿取东西照顾它。他也十分不解于为何他个人自私的念头,竟可以有实现的技法,此技法玄奥而强大,结合了众多才智,使人所有假想都得以实现,这技术无法令人拒绝,他的生活一向就是在让这技术有发挥的机会,说那是巫术与魔法也没错,他不懂奇迹是怎么办到的,眼中看到的,永远只是一件小小的器具在操作,甚至只是一颗不起眼的药丸。他环顾屋内各处许久,却还是见不到那个神奇的模糊人影。

"唔咕、唔咕!"他拼命想说出话语,说:让我回去,你这个骗子!你出来……为什么!

"唔咕"他口中发出的声音,好像就正是人家的回答,回响在耳中却听不明白。对于这番令他气愤的无回应,他心里反而教训起了自己:这是我自找的过错,现在正是受罪的时候,我凭什么生气，如果回去就会满意了吗？我能全然成为这模样而丢开一脑子属于人的思想吗？自私使我笑不为喜、泣不为悲，思想和知觉多么令人苦恼，沉思之途钓上了我这会思想的东西，用光了我这有限的性命，羞耻心吞吃了我的外表，我心派出万千言语，结果却是唔咕地鸣叫。

隔天早晨，天色阴白，在没有预知的情况下，一个老人开门进了屋子。父亲就站在身后，来不及从守了一夜的床头机警地飞走。

父亲脸色凝重地走过来，看了一眼这只赶紧飞走的猫头鹰，他飞到桌上，急忙地用一只爪子想夹着笔写字，但是根本夹不稳。接着他又费力地用嘴和爪子打开了墨水瓶盖，将翅膀尖伸去沾了些墨水，然后试着在桌面上写字。他想写"父"字，但是羽毛很软，很难控制，写不成便改画个三角形，可是因为力量没控制好，结果不小心就把墨水瓶打翻了，墨水流铺过桌面的画痕，还滴到地上。

父亲转头过来看，瞪了一眼就随手捉了一条毛巾扔过来，击中了刚好要起飞逃走的儿子。父亲用力地用大手捎起他，他完全不敢挣脱，只是轻轻地用爪尖，以规律的节拍点刺父亲的手，点点停点——点点停点。父亲在将他放入笼子的这过程中，是有些觉得奇怪，但是要紧的事当头，根本不会去管这只小鹰。

拉下笼子的门，父亲喂人吃了些东西后，就决定到镇上请医生来；

"你可以说哪里不舒服,我去请医生来,你没办法说就算点个头也行,你到底怎么了,清不清醒呢?认得我吧?奇怪了。你休息,我很快就回来。"病人陌生的眼神令父亲焦虑,这呆滞的反应打击了不少信心,说不一定等病治好时,儿子已经变成了个白痴。

鸟笼的栏条将外头的景象阻隔得不值得一看,他冷静地闭上眼睛,等着睡梦将他带走。

经过几次询问,父亲正走向镇上最热闹的地方。在一座桥上,有两个外地人拿着吉他和鼓,演奏着吸引他伫足的生动音乐,他知道目前自己是刻不容缓,但是忍不住还是听了一下,外地乐人知道有人在听就忍不住演奏得更认真。起先只是吉他弹着愉快的小曲调,接着俐落的击鼓声配了进来,两人神采昂扬。

在父亲长时间的忧劳与不安下,这段意外听到的音乐,可以说是显得格外地吸引人。在离去时,他还是清楚地听看看鼓手是用什么手法来结束那段独奏。那两样乐器好像一个是言语复杂的人,与一头言语单调但活力充沛的狗,他们用两种语言在说同一件事,那件事平凡无奇,但是却被他们说得如此动听。

过了桥就到了市场,在穿越一条主要的街道时,父亲无意间听到一句"……什么病都治得好"。转过头去看,原来是一个老婆婆在卖笼子里的野禽,前面站着一个顾客在那向其他客人解说,一看他就觉得是跟卖方是一伙的。父亲过去看这人是在卖什么样的猛禽来让人治病。以那个在说明的先生的道理讲起来，好像是越难捕捉的动物，它的营养价值就越有效。

"里头是什么？"

"鸱鸺，就是有仙药之称的猫头鹰仔。"他热心地教人家怎么和药材一起煮，还说起最好慢慢地虐杀才会更有疗效的理论。父亲本来不想质问，但是看到其他人听信的样子，他说：

"这根本全是心理作用，什么先受惊吓才有效，你想利用我的同情心把它买回去，免得被别人那样残忍对待是吧？为了赚钱滥捕野禽来骗人，干脆说山雉肉能让哑巴唱歌好了。"

"你不买就算了，凶什么，你吃没效，人家吃不能有效吗？等你病了看你信不信我。"

"人家信不信由不得你玩弄，等你病了看你恨不恨骗子，我儿子……"话说了一半，他就转身走了，他想到儿子的屋里会有一只小鹰，一定就是基于同情向那人买来的。是不是那野禽身上带有传染病也说不定，或者是挖土虫后手沾了脏？他没想到自己刚才会发脾气，在心里，深怕自己会为了寻找救治儿子的药方，甚至做出不合理、不道德的事。太疯狂了，他明白若自己无法解决此一困难，那心中会产生何等强烈的懊恼。穿越过市场，他抬头望了望匆匆在远方公园树丛间来回闪现的雀鸟，那些黑点像是白天的流星；每一遍滑翔，都像是一次无法遏止的性命的消泄。

站在外头等待，医生正忙着，他给助理留了一张字条，先回去照顾比较要紧，顺路买了一包药材，心想不能光靠别人，时间紧迫。

打开家门一看，病人居然蹲在地上，吃着一包从桌上拿的生猪肉，并且打翻了许多桌上的杯盘，连鸟笼也倾倒在地上，花瓶的水溅湿了猫头鹰。父亲一脸愕然，开口却说不出话：

"怎么……那是生肉不能吃……躺床上。"

"啊啊呜。"病人抓着食物就往后门颠簸地跑去，拼命地冲撞拍推着门，完全不会扭门把手，然后又是去拍推窗户，直到两脚无力地蹲坐下来为止。他已经把肉吃完了。

看到他害怕的神情，父亲并未马上靠近。同时鸟笼里正传出奇怪的叫声，先是一声咕叫，接着是两声、三、四、五，再四、三、二。虽然父亲在收拾地上的残破时，听出了这规律，但是心里还是无法明白这究竟是发生什么怪事。他捧起笼子，面对面地注视这只野禽，他觉得这对眼睛好像具有特殊的灵气，也许这高洁的小生物，的确是会有不凡的疗效，于是父亲把手伸进去捉他出来，打算煮了他。

他觉得被捏得不能呼吸，但这力量仍无法将他浑身的颤抖捏停。他明白自己的奇遇是不可能使父亲想象得到的，奇遇必然是孤独而不被推理所寻见地偏远，他不曾觉得如此远离人间。当父亲打算用手扭断他的脖子时，他奋力地咬了大手一口，趁机逃脱掉。

虎口皮肤破了个小口，跟过去。飞出去了，看不到了。父亲蹲下来察看病人，这时候，他突然觉得明白了一件自己也不敢相信的事。他跑出门外，看着天上空无一物。

他一直在小镇的天空中飞绕，出现在许多人眼中，毫无疑异处。那些脑中的语言与思想慢慢在冷落中消失，有时候他会觉得有个很重要的东西从身上掉下去，落在人群里，这个损失使他变得一无所有，却也因此更感到轻盈。

——二〇〇一年三月号《联合文学》

盲目地注视

传说有一个地方——
《马可波罗游记》第一八三章：

首先，我们由计施木俱兰乘船向南航行约五百浬，到坐落于海中的两座岛屿去看看。这两座岛屿分别称为男岛与女岛，两岛之间相距约三浬远。岛民都是基督徒，遵从《旧约》全书，信仰上帝。男岛上只住男人而已，而妇女则都住在女岛。每年三月，男岛上的人便乘船到女岛上去住三个月，三个月后就回到男岛。因此，他们的夫妻一年只有三个月在一起。

小孩子出生后，都是由母亲抚养长大；男孩到了十二岁，便送到男岛上，和父亲住在一起。根据岛民的说法，这样做是天然的节育，可以使他们的粮食不至于匮乏。男人们住在女岛上的三个月，会帮妇女们耕地播种，此后这些五谷的成长便由妇女自己灌溉收割。女岛上又产有许多水果，可供食用。不过，妇女主要的职责仍是以养育子女为主。男岛上的人全是非常优秀的渔人……。（节选）

1

睁大眼，负责在海边巡望的女人，发现有两艘船快速航行过来。由于夜晚视线不明，等到发现时已经十分接近，她赶紧吹响海螺。在住屋前守夜的女人一听见，先是确定清楚没听错，然后便立即擂响了大鼓，将许多成人从睡眠中吵醒，她们再将孩子叫醒。负责作战的女人们紧急携带着兵器前往海岸，等着与早一步到达的领导者们会合。

女船员带着一群女孩，准备到另一侧海岸登船，随时要依情况决定是否要弃逃。年老的女人则是躲入地下室，锁上大门。其余妇女分散埋伏在岛上各处，伺机而动。她们把任何来临的陌生人，都预先假想成极凶恶的敌人，因为就算对方不是如此，她们也趁机演练一番。她们的男人不在这里，所以更要能够保卫自己的生命安全才行。

可惜这次她们未能事后庆幸之前的徒劳。那群捕捉奴隶来贩卖的海盗们，以强大的武力攻占了女岛。他们胁迫找出藏身的地点，并且逐步搜寻，用铁链控制所有的人，在岛上为所欲为。

还不知情的船员，不耐久候，以为大家忘了解除警报，便打算带着女孩们走回去。除了撒莱例外，她相信一定出事了，擎起长桨就准备划船离开。小船上的十名女孩中，有七位下船跟着回去，其他几位包括助手和女儿拉结，她们心里认为应该只是离开一下就回去。当时夜空的星星明亮，在凉风中乘船感觉还不错。才划没多久，远远就传来吹螺的报信声，撒莱一听见隐约是逃命讯号，便奋力加速划船。吹螺者丧命才中断了讯号，此时岸上的船员才慌张地登船，孩子们传出哭声，想逃却已经太晚，海盗的船正沿着岛缘绕至背岸。

小船在大海中随着海浪波动，助手亚大途中体弱晕病，根本帮不上忙，反而拉结还会照母亲的指挥做。略微修正了几次方向后，撒莱试着在她们面前保持镇静，避免再加重沮丧的气氛。当太阳从海面的尽头浮出晨光，她已经因为整夜的划船，精疲力竭地与睡着的孩子卧在一块了。但是脑中却开始混乱地回想这整件事情。

她心想目前可能大家都受到极大的灾祸了，而男岛上的人却还不知情，这信息居然完全要靠自己来传递，她正在帮助大家去求救，刻不容缓，仿佛耳畔依然回响着笛号声。她还想起了跳下船的那几个女孩轻快的脚步；其他船员还认为她不是疯了就是想趁机表现一下。她以前就相信平安的日子将来一定会有所改变，但是从未想过会改变得如此粗暴。她觉得此刻身处于一个漂流的、荒凉的、极窄小的岛上，这便是她们能存活的领土，所有的事物都在催她放弃努力，除非她敢轻视这围着她、顶推着她如同在戏弄似的海浪。撒莱拍醒助手，她们继续前进。桨将水划出漩流及水花，孩子们一旁看得入神。

白天，男岛上的捕鱼人，无意间发现远远漂来一艘小船。

2

连话都没听完,男人们就赶着出发前往女岛。除了部分的厨工和士兵留下来驻守,以及老人孩童之外,所有人都合力拉出礼船,然后一跃而上。这几艘礼船平时绝不用来从事渔猎,只有等待一年一次的相会才使用。每隔十年就要制造新的礼船,并将旧的焚毁。造船师没有别的工作,他有权与族长享用同样的食物和穿着。唯独船桨全由女岛那边的工匠制造,他认为这样才能使船魂得到平衡与调和。

造船师站在岸上目送礼船破浪而去,心中觉得眼前的船像一座巨大的桥,桥的尽头就跨在船所抵靠的任何一块陆地上。拉结看到母亲的手掌通红,颤抖着且一处渗出血,觉得很害怕,甚至在听话时不敢直视母亲。撒莱简短告诉女儿要先住在这里,她过几天大概就会回来。这三个女孩由厨长带到舒适的地方,吃东西休息。男孩们看着异性登上这个他们平日进出的地方,感觉十分奇怪。屋子里的议论声随着礼船的离去而增强,老人们与学者交头接耳,随即又向别人大声反驳。毕竟连他们也从未见过女岛的逃生船划到这里求救这种事。

几个去年才刚从女岛搬迁过来的大男孩,注视着这三个过去熟见的女孩子。对他们这年纪来说,一切的成长学习的记忆,都是在女岛上,那里是个家乡,那里有温柔的女性;慈爱与包容,玩乐与表现。但是这里则完全相反,幸好目前正值他们好胜好勇的阶段，新的事物吸引他们，旧的美好反而有些令人厌腻。除非有时受到了意外的打击，还是会在夜晚忍不住想念起过去。或者像是现在，看着她们走过面前。走在后头的悉帕，好奇地东张西望，试着明白自己与姐姐来到了什么样的地方。

以前女岛也发生过危机，传染病和虫兽侵袭已经够折磨人了，加上飓风的劫难。女人们一向独立照顾自己，像是另一个族邦。虽然每次危机都激发两边反对隔离制度的意识，但没人敢公开谈论心中真正的看法，只是无奈地祈祷与担忧着。有人甚至暗地提出折衷的办法，例如同住一岛之南北两边，中间筑起一道城墙，只要方便互相联络照顾即可。族里长辈认为贪图方便就是堕落，所有反隔离的主张都是肇因于无法克制异性的吸引，人一得到满足与幸福，就会接纳罪恶，失去反抗能力。在不能被毁灭的大原则下，生活的唯一状态就只是刻苦忍耐，向神祈祷。将来他们一定会明白，当时的冲动有多么愚蠢。

族长晓得从撒莱口中并无法得知多少关于入侵者的讯息，知情者大概是逃不出来的，他在焦虑中仍希望事情没有太严重，也许是有些误会，说不定大家都还是和昨天一样正常过活。要是最后并没有被戏弄一场，那必定就是不幸成真，他们的行动毫不显露一丝心中的怀疑。撒莱从丈夫划桨的卖力模样，感到他的信任与同情，但这反而让她更意识到自己其实只是个落逃者，既没有救人，也没有提供有利的情报，好像显得太怯懦、太不道德了。她应该和所有女人一同面临同样的处境。此时的罪恶感有些令她得意，因为她乐知自己具有反省能力。

虽然是造物者更伟大，但是明白这个事实的思想能力，不也是同样伟大，一个表演、一个欣赏。丈夫经常在无意间，片刻想起这个问题。他的表情总是在他想事情时，显露出一种不属于这个身份的傲气，别人则完全显露不出被她视为可辨识的特色。她发觉自己把每年那三个月的相聚时光，全都用在与丈夫的相处上，要不是因为机会难得，她绝不可能注意丈夫的模样。她不熟悉其他男人的模样，而小时候住在一起时并不晓得留意。

现在她看着所有船上的男人，他们的气质构成了一幅新鲜的景象，她像来到一个不准来的地方。多年来他们就是这样来回于这段距离间，没有第二种动作。船队小心地捉稳了无法眼见的正确方向，族长注视着前方的天空，好像眼力好到可以穿过一趟趟急迁的行云，看见天外某个不移的定点，只是那个定点实在远到无法分出自己是在何处看的。

瞬间他又回头察看一旁的船队，振作精神的吆喝声一阵响起，领航的船长已经看见女岛了。撒莱想起了以往与其他人一同在岸上眺望男人们到来的景象，记得她们几乎不顾仪式的端庄，就兴奋地欢呼了起来。

3

　　岛上空荡无人，经过一番彻底搜寻及暗号传递，才好不容易找到躲在地下室的老妇人，以及山洞里的男童们，总共四十人。他们也不晓得盗匪是什么人，什么时候离开的。

　　广场后方的粮仓被掠劫了一部分，住屋里也都被侵入搜括过，景象零乱。他们从来没有遭遇过这种灾难，惊吓得有些无法冷静思考，知道要一步步来，但第一步是什么？他们在饮食歇息时，有些感到不知道自己现在在做什么。长老们及族长在图籍收藏室内低声混杂地研商目前的情况。

　　直到隔日才稍微确定几个计划，在这段时间内，女人与孩童在关闭的屋内。整天，完全没有出现在外头男人们的视线中，毕竟这还不是双方会见的季节，族长请撒莱负责带领他们，安抚他们的情绪。

　　看到自己的儿子或母亲安然无事的少数几个男人，固然心情上比其他同胞朋友平静许多，不过他们还是免不了要牵挂妻女及姐妹的安危，何况所有的族人都是他们间接的家人。

　　从留下的尸体判断，对方是从南面登岸的，人数不多但武力很强，停留的时间并不长，有些讯息甚至像是女人们故意留下来的记号。他们花了许多工夫在修正先前的推测，以及观察解释附近的迹象，一大群人一再分散、集合。族长吩咐儿子去筹组一支队伍，准备南下五百浬到大岛去，向总主教报告情况，并且请求协助寻找她们的下落。由于沿途会有可能巧遇盗贼的船舰，所以他们必须派出擅长武斗的士兵们随行。

他们要先到索哥德拉岛，然后再继续向南航行，到一千浬外的木骨都束岛去。没有人希望这趟路要去那么远，但如果真的能找回族人，他们必期待接受这种折磨。族长给他们一个时间期限，若是期限内还找不到，就按照预定的时间返回。

另一方面，大家正在讨论最受到大家注意的重大决定，也就是现在要如何安排分住与合住的问题。当他们意识到隔离制度终于落入共同讨论的题目时，他们一齐保持了不自然的平静态度；晚上饱餐了一顿后，族长正式在广场上面对来到女岛上的这些同胞。

本来，学者们是希望私底下与族长讨论这些事，但是大家的情绪早就被忧虑激得顾不了平常的规矩。撒莱态度冷静地早在傍晚时，就直接走入厅室，向族长说她们都要参与讨论，他晓得恐怕是阻止不了大家宣泄情绪。

背对着火堆，年老者先发表看法，接着是士兵、工匠、渔夫……各群体中的代表发言。所有的人都认为现在不能让人数仅剩几位的女人们，单独住在没有保护的孤岛上，她们应该和所有族人们住在一起。但是所有人应该住在哪一边？而另一个岛是要放空，还是派人驻守？住在一起时是各自和家人住，还是仍然男女分两个区域？问题是越解越多。也有人认为要听听目前留守在男岛上的人的看法才公平。

他们发现老妇人们和男童都没有被掳走，但其他女人及女童则全被掳走，这表示当时躲藏的地方有的比较安全，或者目的就是要掳劫女人们？

讨论的时候，几个年轻的男人一直偷看坐在男童群中的两位年轻的女人；厨务长的幺女和外甥女都是因为带领男童躲藏山洞而逃过劫难。貌美的未婚女子自然很习惯别人的注意，只是现在的气氛使得别的杂念显得有些幼稚。幺女抱着刚睡的幼儿轻轻摇晃，她斜着头看着明亮的火光，一旁的外甥女也要应付那些突然少了母亲的孩童们。

长辈们没有时间去管别的小事了。将所有建议的优缺点仔细评量后，族长向学者们取集结论，族人们让他做最后的决定。他思考得十分缜密，独自走出会场，关入房间内祷告，接着就是一阵安静，大家心里都明白，不论要采用哪种方式，以后不可能再和从前一样了。也没有多少人抱着与家人重逢的希望，他们曾听闻某一群叛逃的罪犯，出外到处捉人这种事，有的被当作奴隶贩卖，有的则在皇宫中当国王玩赏的女人们。他们被自己的幻想给吓得万分沮丧。

空无人住的房屋，此时围绕着他们，宛如巨大的尸骸，静静地被夜色深埋阳间。早上他们才刚从几位女士兵的葬礼上，亲眼看见那些与他们同样形貌的躯体被送入那辛苦掘开的地底的黑夜中。是的，诗人当时语调哀凄地朗诵着感伤的诗篇，他说：地底下的黑夜是无尽的，地底下的沉睡也是无尽的。

远航队的装备也差不多齐全了。族长的儿子对这个重责大任并不厌惧，甚至有些等不及，他气愤于自己的岛屿竟被恶徒视为可以如此嚣张对待的猎场，激动的热血使他无法在家园多留一刻。部属清查完所有装备后，他就马上向父亲报告，请求立即获准出发。他们带足够的粮食和器具，以及一封给索哥德拉主教的信。简单向族人道别之后，便在这个天候良好的夜晚出发了。

　　他们不知道远航队一去要何时才会返回，教士们一路跟随到岸边，船员们从祷词中似乎听出了自己所将投身的这片险境会是什么模样。他们不敢回头多看陆地一眼，好像那样的话会突然无法继续下去。

　　隔天早上，所有人也开始按照新的指示行动；除了选定的首批分驻队的人，以及多数坚持要留在女岛上的老婆婆之外，其余族人皆要搭乘礼船回返男岛。留守女岛的男人们，将继续保卫女岛，并等待会有奇迹将女人们送回家园，因此他们没有在离开时带走任何岛上遗留的物资。

　　这是撒莱的第三趟船航了，但是她有预感也许是最后一次的跨越了，以后不太可能再回到这里。空屋所站的空岛，把死亡的影像放得更巨大了；除了它，什么都是渺小的。

　　留守的人在送别之后，便开始做平常耕种的工作，等一阵子后再由下批人来接替。

4

　　距离事情发生已经过了十几天,男岛上的生活规律虽然步调如常,但似乎没有人能从这种平静中获得任何安慰。

　　新迁居此地的女人们,统一住在让空了出来的大房屋内。她们一共只有七个人,这就是族里除了老人之外女人所剩下来的总数了。房屋的周围划出了一条界线,里面的人不能逾出,外界的人也不能侵越,只有一日三次可以由送食物的人负责借机传送两方的讯息。另外就只有她们的家人,可以在特定的时候,与她们一同外出活动,顿时成为族里引人注意的一群人。男人们以奇异的眼光看着女人在附近走动,即使是在没有看见女人的地方,心里仍不免意识到她们就住在这个岛域中,只要简单走过去就可以真的遇见她们。这个想法使他的反应有些回避,少年大卫走在其他同伴的后面,斜眼看着背光的女人的黑黑身形,看不清楚那是谁,她显得不明确地在岸边附近,与一排零乱的草丛混叠在一起。大卫试着把记得的人,一一套在那个人影上。

　　可是那一景太亮太快错失,并且印象里的人也变得有点不堪提取般地模糊。

　　他并不完全了解到底情况是怎么回事,族长好像做了坏的打算,认定远航队终将无功而返,而此一现状即会永远维持下去。如此一来,岛上的女人数量必定极为欠缺,他们需要多很多的人数来解决这个问题。生育是长久的等待，孩子的性别也不是可以预先安设的，慢慢他们明白到自己面对的问题并不是光靠吃苦就能化解的，还要太多的幸运和造化的施恩。

每一个重大的决定即使族长早有定见，但他还是会在形式上与重要的人物商议，一方面是要表示他并非独断，另一方面也是希望多一些人陪他承担一个计划的责任。这些熟识的人在一起讨论陌生的话题，感觉是很不自在的，他没想到原来哪些人对哪种事有哪种看法，他们甚至没注意到原来自己是那样想。

傍晚，在准许之下，撒莱与助手亚大回到丈夫家中，住到隔日清晨再离开。女儿拉结并没有因为母亲晚上不在而自由一点，厨务长的幺女和外甥女还是要她做手工艺，门外的守卫把房屋附近靠近过来的人全都赶走。长辈将年轻的男人们聚集起来，向他们讲述一晚又一晚的经书上的事迹。他们晓得此时有人得以与妻子同房，便更强烈地想念起自己的妻子，他们在从广场回家的路上经过女人的屋子，总是不自主地向里面看。那些窗口的黑坑，都因为里面有着女人而显得特别不同，拉结探头看他们路过，感到屋里的东西沉闷无比。

幺女不愿先去料想以后的事，现在身处之地已经够疑惑了，她只想做件可以完全掌握的事，而且她必须做一个好榜样，让年纪还小的女孩一刻也不能脱离这整个族群的约束，她可不希望将来她们敢逆忤她。

独自往后厅走，表妹趁这个没人管的时机，丢下一组织布器，好奇地取阅架子上的书籍。那全是岛上一部分的藏书，大多是商船带来的，还有些是祖先留下来的图志，族长那里听说还有更多典籍私藏着。平时她只读过经书和诗歌，无法想象会有什么样别的书。平常几乎每个人都有劳累的工作，根本不可能阅读这些书，多亏现在情况特殊，这很明显就是要领她前来。表妹把每本书都从头翻起，看不懂的许多字都跳越过去。

虽然起先她们只是暂时被安置在这里，但是时间愈延愈久。新的房舍正在北侧建盖，那是要让女人住的家，尤其明年她们可能就有人提早安排结婚了。新的房子将造得坚固而尽量与男人的环境隔离，就算有疾病在岛上传染，也不会使她们受到波及。

建造的工作到晚上依然持续着，他们将思念的冲动投放在工作中，心想也许当这些房屋盖好，女人们就会回来住，到时候她们会看到每个部分都是他们投注最大精神的成果，他们要把房子建造出超越之前做过一切物品的工艺美感的赠礼。这是他们与神在心愿上最重大的一次往来，结果不论正负，都将是最极端的。夜晚睡觉时，他们每个人都在疲倦与思想的对抗中难受地翻身。以前因为心里明白海上不远处有着一个妻子在那里，明白等待终将得到报答，但是当明知没有人在那里时，晚上所独有的冲动便变得不能忍受。他们忽然嫉妒起撒莱和亚大的丈夫竟然能够天天与妻子同房，住在附近的人甚至发誓他们听到隐约传出的欢娱的声音。

他们的言论随着如今生活状态的改变而有了些转换，包括对禁忌的解释与私人情感的抒发，这些言论使他们感到昔今一切的对比差异。连由男人照顾的男孩童们，也能够体会到一种对待上的不同反应，他们在嬉戏玩耍后会有片刻回想起有关对女人的一些薄弱的官能印象，有时他们竟枉然地试着从男人身上找出类似那种印象的特质。

　　现在不单是士兵，族长规定所有男人都要练习武术。他们假想很快就会与入侵者发生战争，还假想这个新时代已经不像以前那么单纯，世上有许多族类正野蛮地到处欺负弱小的部落，他们必须保卫自己的岛。于是男岛便陷入比以前更忙碌的生活中，男孩交由最年长的人来教育和照顾，其他人即使像是捕鱼回来，也还要帮造船师修造船只。族长私下告诉过他，也许将来他会派出年轻的男子外出迎娶异族的女子回来，以解决没有后代的危机。他正打算造一艘大帆船，一艘寿命比他长且永不损坏的船，来将他的工匠生涯在此时机做一个结束。他开始幻想也许自己有机会到外地看看不同于这个住了几十年的其他地方。以前一直没有这种大转变给他如此的活力与希望，他顿时像燃着了火的灯烛，满心想象着大船、大船。

　　几个月后在发现撒莱和亚大两人都怀有了身孕的同时，远航队正好也在一个晴天早上返抵男岛，虽然没有带回任何好消息，但是见到族人历险归来，总还是欢喜的。他们的外表和船身一样都受到了不少风浪摧折，甚至少了几名队员，不是死掉的，说来话长，领队的族长儿子于是等到了当晚欢庆的晚会上，才向大家诉说这一趟航程的全部经过。

乐师们整晚合奏着鼓和七弦琴的轻快音乐助兴，少年大卫头一次正式与长辈们一起表演，他熟练地以两手掌持续击打小鼓，并试着将单调的鼓声打出趣味来。晚会上大家轻松地吃喝歌舞着。

他们说，远航队在索哥德拉岛时，会受到居民们以邪术驱赶，当地人认为带来坏消息的男岛人，必定会引带不幸的厄运，上岸的隔天就被他们的巫师警告，但队长仍坚持晋见主教，于是承受着沿路大家的咒骂，他们派了两人前去。侍卫虽然心中恐惧，但是对他们可以如此随便表露自己情绪的行径，感到非常讶异，他看见那种畅快的叫嚣，男女混杂在一起的画面，这完全是没见过的，原来人可以这样……他甚至不懂这种气氛叫什么。他们对祖传的邪术文化的兴趣，大过主教指示的基督精神，当然同时也有几位反邪术的信徒来向队员致歉，并不畏苛责地款待客人。

最后主教允诺帮忙探听消息，并愿意将这件事向巴格达总主教报告。但是当队员正准备采购航程上所需的物资时，天上不高的半空中突然刮起小规模的强劲旋风，避开居民就朝队员袭卷过来，他们全被吹到海边，风沙使眼睛睁不开来看看被吹到哪了。其中有一位侍卫紧捉住树干不放，只见两脚离地横摆还不放手，他对这邪术的威力感到非常震撼。于是在大家登船时，提出要留下来的请求，队员们斥责他是叛徒。结果看他心意坚定且时间赶急，于是队长告诉他，可以留下，但是若有族人的消息，请他务必返乡通报。

之后他们又航至木骨都束岛。当地的穆斯林对他们的到达十分冷漠，因为那里贸易很盛，每天商船进出早就习以为常了。当地居民对岛上情况的知悉，远比四位尊长更多，所以他们四处向人探听。路上他们忍不住观赏起了那里特殊的风土民情，骆驼、大象、檀香、龙涎香……太多物产了，完全是另一个世界。

因为上次叛离事件的影响，加上当地吸引人的条件，这次又有人提议要留在此地，队长无奈之余，只好以分派驻留的名义准许。所以一共少了四名队员归返，族长未对此施怒，是因为他不晓得原来他的族人有离弃的想法，这是他的挫折，他反省得数日不发一语。晚会那夜直到队长说完了见闻后还继续着。半场时出席的女性们，顿时吸引大家的注意，气氛变得茫然消沉，乐师中断了绵延的音语，此刻出现在眼前的，正是他们这段日子千寻万寻的东西，他们不会如此注视自己的族人。

5

生产的过程很紧张，大家希望母亲平安，希望这两胎都是女孩。相隔没几天，先是撒莱平安生下一名女婴，取名为丁香，接着亚大生下的是男婴。等待似乎无法从这样的回报获得什么。

自从女人住进岛北部的新房屋后，就慢慢成为族里珍视的首要的宝物。每天厨师准备最好的食物送过去，守卫时时刻刻在附近保护，连一只虫蝎蚕蛾都休想越过那清理得干净无比的屋院地面。来袭的强风大雨就算毁坏了一般的小屋，也动摇不了这间大屋的整体，远远看过去，它庄重地孤立于接近海岸的空旷处，有一点不像是属于四周景致内的异质现象，由它所占领的活动范围，皆竟自变化成其主人们外延出去的躯怀。这间在男岛上茧封着如圣物般堪虑之身的女屋，就这样简洁地避藏在那条蔓自男人地区的崎岖路之尽头。

轮到负责守卫的人，心底总是有股兴奋，不管那人是谁，不免满心期待地在女屋的附近闲坐，里面的人也会窥看是换谁。她们并不敢找守卫过来而不为做任何事，守卫也不敢没事就与她们接触，因为若是告诉族长，就会遭到严重的处罪，而且她们也不敢有隐瞒地不说。

到了晚上，只有两位仅有的丈夫可以自由前往与妻子同房，他们晓得目前族里全指望他们尽快生育女孩，虽然不曾有谁暗示过他们该怎么办。

他们在其他男人看来，显然是高了一个阶级，比较一番，实在很难再像以前一样从容。以前没有人能与别人不同，察觉不到个人的感想。他们发现身旁全部都是男人，见到听到和撞到的，都是这个重复的单一性别，一种饱厌的感觉不消退地阻挡在每一条精神所通行的道路上。他们无法用合作以外的任何形式来完成每天的工作，身旁凡是不符合他所期待的人，顿时都成了像是妨碍他见其所欲见的恶徒，尤其当对方看起来不知自己何其不悦目时。

他们一直看不到脑中反复浮现的女人的影像，所以觉得很不切合实际，好像现实或自己有一方是虚幻的。一旦脱离了实际，他们就变成了另一种人，一种不管如何就是无法再遵循之前固定的模式的人，有种东西在他们之间破掉了，那是个在没有破掉之前所不曾发现的东西，任何人都可以从任何地方看出这个变化。

族长不希望显得没有能力看出大家的心思，所以就在撒莱她们再度怀孕时打算派一个外驻队，再到外地去寻求异性，也给岛上的人一个新的期待。不过此举在意义上，无异于认定族里去年遭劫的女人们，应该是不可能再寻返了。就在准备组成外驻队的这之前，造船师病倒，助手们一口傍晚发现他瘫坐在山坡上。原本他计划建造的大帆船因为缺乏够当副辅支架的木材而停止，他连日在山上思考着替代的方法，但仍没有进展。没有人知道他是因为病倒才找不到木材，还是因为找不到木材才病倒的。他虚弱得不发一语，神情忧苦。当他晓得自己不可能出航，甚至造不成大船后，很快地就将这个期待从心中摒除掉，以消愁烦之意。可是他也注意到了自己这番撤退，问自己为什么当人面对死亡，就顿时丢弃了全部坚持，只为换得一刻最后的平静，平静的背后是什么？他在族长的儿子来探望时，怀忆起了从前男岛上的平静生活，他从年轻人的这张脸上，仿佛预见了什么景象似的凝视着，他感到外驻队的出发是个岛上新开始的举动，简直是外族人的行为。他的神情恢复忧苦，但这次他完全接受这便是自己的样子。

总不能坐视亲族的绝灭，为了长久的延续，有时候不免要调整一下原则，这是特殊的时期，要不是曾遭到太特殊的侵掠，没有人愿意去违反常规，并且接受现状的异常。

私底下，曾经远航过的人，经常忘不掉亲眼见到的诸多情景，并向好奇的人详细述说，特别当他们取出外地带回来的小件物品时，更是引发无法亲自去到的人的无限幻想。于是这次有许多人都想成为外驻队的船员之一。族长的意思是派出年轻且外貌最好的人们，他们平日各有擅长，这在旅程上也才能符合目标所需。虽然没有约定他们要在何时归来，但是这次族长授权给船长，禁止他们脱离管束，如果谁叛拒任命，就会遭受杀伤之罚。他们可以没有收获地失败返家，但绝不可以不返家回来。

女屋里此时正充满一股疑惑的气氛，她们不曾如此感到被占有，这由族人提供的种种珍贵的物品，包括书籍、宝石、艺品等，只是为了让她们更甘愿被限制在屋子里，不许被男人看见，她们该为每日准许的外出一段时间来兴奋吗？马上那两个表姐妹就要进入可以结婚的年纪了，所有年轻男人都指望得到她们，以后就更不可能回女岛去。记得以前她们不用像现在一样被保护住，可以与别人一同工作，大家没有差异，不需要靠长期隐藏来减少别人的烦恼。她们想和大家一起工作。

起先撒莱有一刻认为自己是因为关闭太久，所以才会产生不理性的反抗心，以致忘掉了族人正处于怎么样的一个环境情势中。

在清洗身体时，表姐会试想究竟男人在看她们的时候，是有什么想法。一盆盆水都是辛苦送过来的，一下就洒掉大半，她忽然觉得不确知自己喜欢的对象该是什么样的人。几乎每个年轻的男人都想追求她，在各方面表现得最好的人，都很有可能实现愿望。她不知自己是否是个有此荣幸与资格的人，她有点担心自己的出众会引起表妹的敌视，她也晓得表妹不喜欢别人的迁就，所以经常对很多小事不停犹豫。还好照顾婴儿丁香的责任，多少能化解一些多余的不安。

表妹只有在读书方面有发现时，才会主动来找她说话。特别破旧的书本上的记录，使表妹转述的语气反而更加精神抖擞。她说以前曾有男岛上的人，因为忍不住与情人分隔，于是夜晚私自冒险前往女岛，结果可能是迷航，从此没有音讯。还有人因为不肯在三个月期限后返回，居然躲在女岛的地洞里，几天后找到已经死亡。这些少有族人耳闻的史实，由表妹说起来似乎是她亲眼看见，连细节都有。岛上以前也有过多人中毒及与入侵者对抗的伤亡事件，甚至曾有西方的人远道来探寻未知之地；船员也有人留下来与他们通婚生活，不过那都是陈年旧事了。

少年大卫也是许多想要得到她的喜爱的人之一，其他哪个男人不比他更有机会实现这个梦想，以至于他并不敢表露真正的期望。他的大哥是最英勇的士兵，二哥是聪明绝顶的工匠，而他们在失去妻子后，也同样希望能再有机会与女人结合，生育自己的后代。二哥和亚大的丈夫是好伙伴、好朋友，私下对方曾不止一次向他诉说心中的沉重压力，说他不敢面对其他这么多失去妻子的朋友，而且长久的相处也使他对日渐焦躁骄傲的亚大感到不耐烦，他说以前亚大不会对别的男人有期待，那是因为苦无机会，所以安心认命；但现在她有机会，加上女屋的封闭，她好像因此变了一个人。

二哥从前未曾注意到亚大的模样，现在他觉得这个怀孕的女人看起来，不知为何很丰满诱人。他利用一次守卫女屋的机会，违反规矩主动靠近过去，撒莱第一个反应是惊讶，接着她保持冷静，随口叫二哥去多提一些饮水来，他犹豫了片刻，静静地站在门口看着坐在地上织锦的女孩子们，她们也不动地看向这个侵入者。撒莱当时晓得自己应该慌忙地驱赶他，但那一刻似乎平常得不需要那样过度反应。另一个守卫则远远地看，不敢靠近也不敢告状。

他从容地带领大家的视线，进入屋内。沉默地在屋内逛了一圈，看了亚大和她手上颤抖的杯子，那种奇怪的气氛凝僵了本来移动的肢体。他说:"造船师早上病死了。"但是那句话听起来却像在宣布比话的内容更可怕的事。他说现在有些大船带有威力惊人的火炮火枪之类的武器,目前族长也想购买。他聊天似的简单提起一些消息,没多久后就离开女屋,他的信任和对另一种关系之无害的示范,使她们将此事隐瞒了下来。

　　海浪活涌着深深的表层,大卫想起长辈说,一定是因为西方人把探访这里的经验告诉别人,才会使得一些恶人根据位置记录找到女岛,掳走女人。他不想让视线退出海浪的翻搅中,有时他觉得海浪只是虚张声势,因为它就算再怎么澎湃汹涌,最后也还是会平静下来,而非真的把盛装它的陆碗给冲溃。

　　表姐的婚姻当然越快安排越好,可是因为许多的难处又免不了被推迟了。族长不希望见到除了新郎之外的每个人都尝到挫败和不公平的滋味。他们每个人都有资格,也应该受配一名妻子,否则不知何时何种方式,必然会有可以解释的衰亡产生,那时将完全明白什么叫作衰亡。有人预先测试自己对灾难的承载力,像是半个先知,为了准确命中事实而将预言说得尽可能涵盖面大一点。

　　表姐对这些男人自然并不熟识,何况他们之间的差异甚小,要从短暂的公开仪式来判断,根本不可能,所以只好从有限的外表来取决，她试着看出一个人的模样究竟有什么意断，可是越猜越感到自己的偏见不可信。

隐约间她想起了刚刚出航的外驻队中的一员，她记得那位船员的长相结合了许多悦目处。可是她必须立刻决定，最后她依照长辈提示，与一位稍年长的杰出士兵结婚。结婚过一段日子，他便从女屋侧房妻子的身边搬离出去，因为她已经怀有了身孕。

至于表妹的婚姻可就没这么顺利了，她即使没读的时候，也专心于思考著书上读过的事，而且她成了其他三个较年幼的女孩的领袖，她会说神仙故事，会各种有趣的小游戏，还教她们弹奏七弦琴和识字识句，一下就抢去了整天忙着抚育孩子的撒莱和亚大的影响力。

表妹知道没人能强迫她该怎么样，所以她一点也不在晚会上注意那些男人，她很想借这个机会使大家开始明白，只有她自己可以依个人意志来决定自己要过什么日子。族长无奈，但也只能任女屋独立于另一种生活中。有些教士也开始认为没有劳动的隔绝式生活，会让她们脱离现实，不能体会实际的情况。

不过反对男女共同住在一个区域内活动的人，仍然是很多很坚持，不需要说为什么，不行就是不行，捕鱼可以不乘船吗？燃火可以不用柴吗？什么是为什么？以前男女分岛而居那么久了，有哪里错误了？

这一大堆困扰随一艘大船的抵达停了下来。许多人都跑到岸边去了。

　　有一些海盗在海上抢劫之后，会把船开向沿途几个小岛或小城市，暂时驻扎在当地，把抢到的物品拿出来与当地人交易，各取所需。由于认为物品都是从佛教与伊斯兰世界抢来的，所以岛上这些基督徒便愿意与他们交易，何况价格比一般低很多。其实这些海盗也曾抢过当地远行的船，只是那些物品存放在船上不给当地人看，等到下一站，聪明的坏人才会把它搬出来，因此没有人与这帮面善心恶的人结怨。

　　黑狗船长很喜欢男岛上的人民，族长与他情谊和睦，两人相见甚欢，数数日子也有两年多没见了。黑狗船长与其他缺眼缺手脚的船员一样有生理上的残缺，只是他的残缺并不醒目，他是个聋子。起先族长和他的手下，都有点怀疑他失聪的程度，也没有方法证明，就只好相信了。但是总觉得他会偷听人家说话，他听与说都是由身旁的一位男孩传达的，他感应得到黑狗船长的心思。如果讯息传讹，看双方反应不对，会开始修改，这也是修改原意的机会；有一些谬误没有不良影响，也自然没去纠正。

　　经过一番沟通，他很同情男岛上目前的情况，答应帮忙打听，也好意地赠送许多贵重物品，包括瓷器、书籍、珠宝和各种原料等等。男岛也接着回赠许多食材和手工器具类的东西，如此一来，两方其实和交易并没有两样。

　　晚会的招待很盛大，大家交换所见所闻，饮酒奏乐。在较不热闹的一处，几个厨师助手无意间看见在一群船员之间，似乎押着几名女人走向泊船的岸边，那是黑狗船长在海上各处捉来随船当娼妓的女人。这几个助手好奇地尾随过去，不仅窥看，甚至直接簇过去，连过去要说什么都还没想好就冒失地过去了。

这几名娼妓看起来全都是一副精神不济的不在乎的丑样子，有的则年纪尚轻，勉强有多一些还没用尽的气色从细滑的皮肤表露出来。但是女人形体的显现，已经勾起了他们能由其中获得何等欢娱的印象与具体记忆。

壮观的四桅帆船停靠在东侧海岸，陆陆续续有人搬运物品上舱。香料的气味弥漫在月光中，桅杆与横桁像高举的十字架群，将他们的视线送上天际。亚大的丈夫远远看见族人给船下的水手利益，为的是要换取与娼妓交媾的机会，他不敢相信自己是住在一个如此会使族人们完全变样，甚至不在乎触犯戒律的地方，而且他们还打算明日回到往常，继续敬拜上主。为何不干脆彻底推翻一切制度规章，那还比较真诚。他独自回想起了朋友的话，大卫的二哥经常灌输他消极的思想，落井下石，为的是哪天可以占有亚大，他一直不曾怀疑过这位好朋友有不良意图。但是二哥自有另一套说法，他认为亚大已经没有得到终日异常焦虑的丈夫的关心很久了，他才真正晓得如何与女人相处，至于疯狂的人最好是助其自灭。

朋友的话告诉他最好找机会逃离，这个家乡将来只会更加衰败，在这段没落的过程中，大家会互相残害，无恶不为。他对负面的预言深有同感，说中了他的顾虑。他此时遥望身后晚会上不够明亮的火堆，心中拉断了某一条如来回于船桅上的绳索般的长丝，叹了一小口气，他决定想办法与访客一同离去，他要去海上把这一切塑造他的景物摆脱掉；满怀冲动，好像只要能搭上船，甘愿受屈辱。

不过隔天当黑狗船长道别时，船上并未因一人的加入而增多，因为基于对请求的同情，船长答应将一名娼妓留下。大多数族人包括族长在内的长辈，没有一个人晓得这个罪行，只有少数昨晚执勤的男人参与其中，至于逃离者的消息，则是当天随后禀告族长。

被窝藏在民房内的这名印度女孩，名叫魁希纳，她是个流落街头的孤儿，发育之后由当地的奴隶贩子操控卖身，直到黑狗的手下发现后掳劫上船。魁希纳年轻貌美，这天起她并不知自己成了男岛上唯一可触摸到的女人，他们兴奋地招待她，将屋子布置得更宜久住，奉送上最好的饮食与宝物，大显他们的极端善意。矛盾的是，防止她出去与别人靠近的守卫，却是冷酷凶恶得很。

尽管这个秘密严格保守，但是不大意的人，仍可渐渐发现异常处。虽然知情者一天比一天多，但是真正想告密的人却没有，没有人想失去这个可贵的女人，并且触怒领导者，害某些人受到重大的处罚。保守秘密的紧张感，使他们迁怒起那些一旦知道这个秘密就会震怒的人们，为什么整天要提防那些老得没能力取悦女人的掌权者？怕什么，难不成要残损自己的族人才能维护足以自豪的纪律？

　　松懈了警觉与顾虑之后，不久就几乎人人知情了。晚上男人们会带魁希纳出来透气，并且沐浴洁身。有些不想被牵连的人会故意躲避，装作完全不知道这回事，他们回到屋里反省祷告，昔日的教诲一段段地重新受到拾抚与依附，像是孩童不安地将怀中的木偶当作可以倾注全部情感的真实伙伴。他们与那些人从此区分为两个不乐于相互往来的群体，为顾及族长对此事处置上的棘手，只好原谅似的退至守密的窘境。

　　当然不是所有人都能持续站在相同阵线，双方都有人转换立场，有的忍受不了引诱加入那些围绕着女人的人群中，有的则是心生罪恶，悄悄从人群中离开，回去羞惧地反省。没有人为这些变动感到高兴或相反，因为这些人今天能投靠此处，谁能保证明天不会再折返彼处。少年大卫便是这样；人在这、心在那。

　　没办法，太多人和他一样满心期待，为的就是要一亲芳泽。大家在工作时亦在等候通知，看谁今晚可以去拜见魁希纳女王。等候的漫长时间使得他极尽彷徨，他无法想象是什么样的好东西，竟能将他与众人一样钉在等候的地方，无故如此急于揽获？其实他只见过魁希纳一次，距离很远且短促，当时有三个男人带着她在海岸附近散步，大卫怕被发现是在偷窥，所以一下子就走开了，当时附近根本没别人，走开后他又责备起自己虚伪和懦弱了。

除了散步，主要也是为了带她去治病，她早在印度时就染上一些疾病了，会不会因此狡猾的黑狗船长才会让她留下来？没人敢带她去找会医治病痛的长辈，于是只能随便弄点药汤让她撑撑身子。治疗她并非是为了让更多男人能够享用，因为一段日子过去，大家发现每夜能接近她的人，似乎总是固定那几个人，除非送上一些金币或值钱的物品给控制她的那几个人，才能勉强轮换到。至于没钱的人，就只能空等下去，不敢发怒，以免显得难为情。

族长自从得知秘密后，天天都心神憔悴，再姑息下去只会更使他显得无能，可是目前他们失去理智，纠正必会引发严重的反抗，使地下化的不满浮出地面，到时候他们恐怕连像现在表面上服从的样子都不肯再伪装了。族长独自关在屋内，拒绝与任何人接触，他感到输了，并且受到赢的人嘲笑，他无法忍受这种羞辱，恨不得求神立刻降火教训他们。

即使是与外界几乎隔绝的女屋，也间接感觉到气氛上未曾有过的松懈。尤其孩子对这方面观察格外敏锐，十次的约束也比不上一次的疏忽。丁香和拉结会听母亲的话，留在屋里；不管做什么。但是其他两个女孩就完全不受管教，跟自傲的表妹一起在屋外闲逛，与男人交谈，表妹曾语气坚定地告诉撒莱她们说："女屋的生活方法是错的，为什么不知变通，只想和以前一样遵守固定的规则？"

撒莱则是反驳说："现在是情况特殊的时期，绝不容许一意孤行、个人去奢求正常生活。"

表妹说："长期的特殊就不叫特殊了，这叫新的正常、新的自然，拒绝它你就没有生活的场地。我并不想回到从前你所谓的正常生活。我也不一定喜欢新的环境，但躲着就不对。"

女屋门外现在不是守卫不管事，就是根本没有守卫。女孩住在有地位的诗人家中，与大家一起用餐。诗人是长辈中最早、最强烈反对族长的人，他计划要选出新的领袖，许多有同样看法的人，都被吸引到诗人家中，其中有几位则正好相反；因为想到他家才故意抱持同样看法。诗人知道要吸引人来的唯一办法，就是要让女人住在这里，他希望将来也能把魁希纳收到自己的掌下。他不断歌颂女人，美丽的诗歌使所有人陶醉，并且他把反传统价值的观念埋藏在诗句中。他诚心颂赞女人，绝无二意。

撒莱看着两个女儿还年纪小就与她关在女屋中，实在不公平，于是经过一番考虑，最后决定把她们送去与父亲同住，白天一起工作。对于这个做法，亚大显得非常愤怒，她觉得被骗了，长久以来她都听从撒莱的话，从不敢有半点质疑，过去陪着吃苦受罪，顿时全成了欠债，亚大觉得自己的忍耐全白费了，而……那些什么艰困都没受过的女孩，却可以得意地走出女界，她激动地推打撒莱，大声地叫："你们统统搬出去好了！全都是一群急着被男人掰开大腿的臭婆娘。滚出去！"

本来撒莱要留下来陪她再住，但是眼看她已经神智异常了。只好和女儿一样搬出女屋。这件事在发生的那几天，居然还不是男岛上最大的事。因为，有族人回来了。

当年跟着远航队到木骨都束岛，脱队定居当地的其中两位族人，这天不仅他们回来了，还带回来五名女人，这五人便是多年前遭人掳走的女岛上的居民。相较于被卖去当奴仆的女人的病弱模样，两个随穆斯林学做生意的男人就显得很健壮、有精神。他们是在与外地商船贸易的过程中巧遇这五名女族人的，他们本来没打算回男岛，但这巧遇让他们感到是上帝与故乡的召唤，于是决定告辞远行。

所有族人都赶过来围绕着他们，包括族长。结果每个人都有一段说不完似的长故事，大家互相聆听，有的部分凄惨可怜，也有的段落有趣惹笑，连烹煮食物的人都听得忘了工作。

7

有幸重逢的人，因为长久的分离，刚开始沟通时不免有些生疏，家人们相对无语，看着彼此的改变，自然是百感交集。归来的人其实也没料想到家乡这段时间有什么改变，只是情感上有返乡的冲动。

许多其他在外漂泊的族人，都一直没有音讯，尤其后来的外驻队，难保不会身陷险境。有什么事比在海洋中航行更可怕的呢？那像无数张饥饿的吃人的大嘴，一刻也停不下来。

由于病弱不堪，那五名女人不久就离开广场，进屋子休息。医生一下就看出病人外观上的症状，很可能是具有传染性的性病，必须要关到山洞里去。她们其实并不清楚其他女人的下落，对掳人的盗贼的确实身份也不完全知悉，所以她们的获救基本上不具个人以外的意义。以目前的情况看来，也不可能马上就将女人送回女岛，放她们独自生活，也就是说族长唯一的解决问题的办法和期待也落空了。他落魄地屈坐在地上，两手蒙住脸孔，口中杂乱地念着字句，念着儿子的名字，样子看起来令几位一向跟随他的智者不禁站出来，严厉地急欲声讨破坏法规的人。

攻守双方的会议都在私下进行着，非激进的一派表示要将对方流放到女岛，当然，主张格杀的、将过去的积怨全借此发泄的人也不在少数，这其中更有人是因为心里希望减少一些同样渴望占有女人的对手，才会大声鼓吹动刀的必要的。

正当计谋准备付诸实践的关键时刻，几件事情的发生阻止了所有动作。几名女人的病情开始恶化，包括最严重受到身体溃烂折磨的魁希纳。这时才开始处理已经无法阻止传染，医生对这种非本岛衍生的带入的病根本束手无策。那两位前几日登岸的人，更是早在航行期间就被感染了，其他有些男人也逐渐有了精神萎靡倦怠的现象。这使得大家都不敢互相靠近。

其次是撒莱在这胎分娩的过程中很不顺利，丈夫与子女们围在她身边,她知道自己大概是不行了,可是疼痛又无法放过她,她一刻也无法安然定神,她拉着大女儿拉结的手,试着用那紧重的力度表达一些类似话语的东西,那是种世上最奇怪的感觉,拉结这么觉得。

为了表示尊重,女人们在离开女屋后,便以宽长的布巾将全身包盖起来,不让女性的体态和面貌在男人间表露出来,那就像是一种随身的移动式的个人小屋。第三件事是发生在走在路上的表姐身上。两个当年爱慕她的青年,利用她丈夫去会见智者们的机会,强行将她压制在围墙内奸淫。起先胖子在脱去她的袍巾时,是有一刻感到突然虚弱下去,手脚都使不上力,好像他最终并不敢真的做,好像在跳入海水里之前,站在岸上缘界处时那般害怕。可是为了使力气复原,他必须先勉强命令自己真的做下去,他越恐惧就越得做,越做却又越恐惧,他希望手上的麻烦快点解决掉;他奸淫这女人,结果目的是——把这念头甩洗掉。

这是男岛上首项大罪,两人自然是难逃严惩。可是这时诗人却跳出来援救了,他抓住这个挑衅的机会,大肆赞扬两人不畏死罪之苦,牺牲生命只为换得一次单纯的肉欲之乐,说是极致的情操,说是法规使人住在不可动弹的荆棘丛中。

表妹当天就去探望了表姐,坐到身旁,握着表姐的手,语气轻柔地安抚她,说不必在乎这种小事。表姐不悦地微微摆脱她的肢体范围,希望对方能自知无趣而退,可是没想到表妹好像要趁这机会报复过去的不满,就是不走开。她翻脸把原本的语气变得刻薄尖酸,好像以前早就准备好了。她认为男人是因为不能怀孕,所以才会生性暴烈,如同天气中的暴风雨,虽然可怕可憎,但却是不能欠缺的力量——她说得十分有把握,一点也不容许表姐存疑。

在处置胖子的罪行时,双方的对立达到了最亢烈的程度,士兵们将武器神气地挥舞着,一方认为这是在执法,一方认为这是抗暴,没有人当这是值得同情的手足自伐。就在随时即将发生冲突的紧张时刻,多日来沉默不语的族长,突然快步走向反抗者们的集结地前,他高高举起象征男岛统治权的手杖,顺势将手杖丢掷到他们脚边。在大家惊讶哑然的片刻,他声调明确地说:"你们要过哪种方式的生活,就任由你们在男岛上过吧,我带着我的一方现在就撤离此地,迁至女岛上居住,我们两岛从此断绝往来。"

对方同意这个办法,但条件是:所有女人都得留在此地。族长一口就答应,把身旁随行的侍卫和大臣吓了一跳,但也不敢在这关头多置一言半语。撤离的动作随后展开,不忍弃下妻女的人因变卦而惭愧得不敢帮忙拉船拉货。也有人虽然妻子在养病,但仍坚持站在族长那一方,那样的道别比其他人更是难受。

怀着气愤草草收拾,完全没有不舍的离情,族长一声令下,船桨一气栽入水中,不小的海浪拍面而来,一下子就把男岛冲遗在后头。

  庆祝胜利的人们沉浸在得意的情绪中，尽管不是每个人，但只要有人把情绪表现得显而易见，这整个地方便会仿佛瞬间变成他们的掌中物。大家将注意力集中在他们异于别人的神态上，好像看见了特别但不惊讶的景象，知道那是什么，是火是水，是失意是得意，他们的举动决定了注目的人要看见的是什么。

  他们的得意神情随着疾病一日比一日的恶化而消退了，女孩小声地向同样不舒服的男人问说："我们到底会怎么样？为什么大家都不走动了？回答几句话好吗？"就算幸运没被传染到的人，他也无法长久靠躲在山洞里存活，一出来找水喝就得病了。病死的人躺在各自的角落，没人过去处理，死亡逐渐在人体之间扩散开来，那是夺取，更是侵占。山林里的虫兽缓缓拓展活动的场域，一只大胆的猿类爬进空屋内，它碰掉的一本书，掉落得好像它只是一块方形的石头。

  强行的疾病扑灭他们于同一个时候，不依老幼善恶来判断，无形的司杀者像一场聚会上宣告终散的号令般到来，所有宾客都得在这一刻离开。

  抵达女岛的人与原本分驻此地的十多人，合起来是三十多人，他们并非个别擅长各种工事，所以新展开的生活必须重新分配学习各种技能，尤其他们撤离时有很多器具都没带过来，只好取用女岛上的不完全适用的器具工作。以前执意留在这里的老婆婆们，近年来也已经无人延活了，徒留下好些织制的衣巾裙布之类的东西与他们做伴。

没有人希望坐以待毙，但是跟随族长来的人，多半是对往事耿耿于怀的年长者，他们对冒险出海寻求发展已经不再有激情，于是也就落入此等困境。女岛上的景物平静，他们心满意足。

之中最年轻的是大卫，他的满腔热血在保守的生活步调中冷静了下来，有时候他会走进以前女人住过的屋子内，去整理那些遗物，他脑中浮现着对女人的稀薄记忆，他曾百般幻想：接近那样的人，会有什么样的感觉，越无法确知，就越广泛地猜臆下去。忧烦地在这全是男人的地方绕走，他忽然想起来很久没有击鼓了，以前晚会上击鼓时的感觉令他回味了起来，翻找了一下找不到鼓，他只好随手架起块木板，简单地敲奏了起来。听着木板发出的轻脆短音，他兴致一下就熊熊燃起，沉醉在节奏的无穷变化中，他击到日暮天黑还不罢休。

许多年之后，女岛上的这些人也死去了，他们没有后代延续，这两座岛从此成为无人的荒岛。

——二〇〇一年十二月号《联合文学》

蝙蝠俠迎敵

往那间大饭店缓缓驶去的一辆豪华轿车，流泛着滑亮亮的光泽，富豪布鲁斯看向车窗外，路人向车窗内看进来。背部与沙发接触得发热，他略微地挪动坐姿。

　　繁灯装点下的高森市，在市民眼中从任何角度看起来，都是那么壮观而充满活力，送货员与小贩、游客与巡警全都闲不下来，公共电车与电梯总是填满着要向上下左右前去的人，大家理性地遵守许多规则，无疑地，秩序统治着这个不容邪念藏身的洁白世界，它像是个未来之城，永远不会停顿在市民的熟悉印象中，只会不停地将他们带离原地。车子驶过餐厅大门，之后跟上来的每辆车，好像都在将他刚刚揉掉的思路，又重新捡拾起来想了一遍。通行经过的景象，使布鲁斯有一刻感到自己是无腿的飘移在人界的幽灵。

　　"高森市，我陌生的家园。"一位衣衫破旧的老乞丐说，"它日新又新，它装载着所有市民向前行。高森市，纯白是你的粉妆还是脸色？你的沉默像是在说：未来，我们来了。"

站在路旁等候公车的一位会计师说：

"天色变晚了，白天它让我们看清一切，夜晚时却又要全部收回，它遣来了那来自冥界的号手，它要叫醒那藏在人心中的歹意，使人成为恶魔的左右手，替他行可怕的事。"

"夜晚不为何事而来……"身旁一位同事说，"也不为何事而去，它令人软弱仍是人自己不堪受困。夜晚才让人看见渺小的星光，我相信正义便是为夜晚而来，那神秘的夜行侠，终会带来高森市的白昼。"

大饭店门口早就挤满了记者与围观民众，大家除了争睹钻石展出外，更是想见见前阵子传出自杀消息的著名模特儿瑟琳娜。虽然大家早就听闻过她个性极为孤高骄傲，不过亲眼见过她的人，无不认为她的确有资格骄傲，因为她拥有非常出众的美貌。

"第三小队？"警局局长欧海华说，"你要特别注意路口那里的交通，机警点，今天有重要人士出席，你不用让我再提醒你，等一下展出的宝石有多名贵了吧。"他拿起对讲机，向小队长比了个赶快的手势："喂，支援小组，顶楼情况怎么样？"这时候主办单位负责人跑了过来：

"局长可不可以请你帮个忙，现在去化妆室告诉模特儿小姐，还有十分钟出场，我知道这原本是我应该做的事，但是小姐她不准警方以外的人去敲门，而且昨天听说她的经纪人被气走了。"他语调轻低，斜着眼说。

"只要晚会顺利,什么事我都该做。"

"麻烦你别激怒了她,她可不把合约看在眼里,若不是因为多方的要求,我根本不想和她合作,她把所有化妆师都赶走了。我还有事,谢谢你了局长。"说着,就跑掉了。

"那就是韦恩基金会的老板,你看,有钱长得又好看的单身汉,布鲁斯。"观众兴奋地争睹他的出现,并且议论纷纷。下车后他没有向群众多看一眼,就快步与主办人一起走到位子上,他一边听着说明程序,一边注意起身旁出没的人,看不到局长欧海华。

"对不起小姐,还有十分钟就开始了,有什么需要服务请说,我是欧海华局长。"一下子上了短链的门就开了个缝,瑟琳娜戴着墨镜,手上抱着一只黑色的猫。

"工作人员都在后台等你了。"又说。

"我看你的证件。不,算了,反正我也看不出真假证件的不同。局长何必亲自过来,我凭什么能劳驾你这样身负重责的人呢?你该不会相信报纸上对我的批评吧,认定我是个骄傲无礼,还有什么,冷漠善变的疯女人吧?我也知道还有十分钟,我其实最敬业了,只是,我知道你若不来提醒我十分钟的话,会怕一有出错就会受责备,替人做事的滋味不好受吧。我是说,谢谢你局长。"门没关就掉头走了。

"很抱歉打扰你做准备。"他说完做了个表情后离去,轻轻把门拉上。

"可怜的小猫,刚才的说话声有没有吓到你?我不是故意要生气的,他们太可恶了,偷拍我照片,跟踪我到每个地方,我何必要为了拥有良好的形象而忍受残害呢?我应该更凶地反击才对,他们乐见我在谣言下偷生寻死,这叫娱乐和崇拜吗?小猫,对我们这种弱小的生命来说,这世界太野蛮了,它给我们的所有东西都是恐怖的,如果恐惧能让一个人显得美丽,那我的确是世上最美的女人。"猫从她怀抱中跳走,碰倒了一瓶香水。

饭店对面的马路旁,来了一辆小货车。会场上响起音乐,所有人就位。

"韦恩先生,你在这里。"局长说。

"你怎么了,好像认不出我,是不是三年的时间还不够久?"布鲁斯说。

"刚才我只是突然觉得你的背影看起来很熟悉,但是想不起来像谁。"

"有时候我也会在某个地方被勾起印象,我不敢相信那种印象过去一直在我脑中。"

"你看那串项链。"瑟琳娜抱着小猫出场。"那足足可以买下半个高森市,不是南区,反正就是无价之宝。"局长说。

"的确,我没见过这么迷人的东西。"

"我是说钻石,你再看她,小心她放黑猫咬你。负责人在叫你过去了。"这时候,司仪的麦克风突然没有声音,一阵小鼓的声音从广播器传出来，聚光灯一个个熄掉了，只留下中央一个灯投射在餐厅招牌的后方。现场骚动。

"各位先生女士，难道看到精彩的魔术表演不会鼓掌吗，我可费了不少力气才爬上这招牌的。我准备要说个笑话，搞点戏法来让晚会气氛轻松一点。"这位身穿花彩外套的人说。

"是丑客！麻烦大了。"局长咬着牙说。

"保护模特儿进去。"布鲁斯说。

"等一等，小姐你别像贼看到警察一样开溜，害羞那招已经不流行了，我吹奏点音乐让大家娱乐一下好了。"丑客掏出一把特制的号角一吹，所有人都捂住耳朵，痛苦地蹲下。

"好尖锐的高音，我的头好痛。"大家说。丑客趁机穿着强力弹簧鞋从高处跃下，一把抓住项链就高高弹走了，布鲁斯冲进饭店，没有人注意到他要去哪。抢到项链后，丑客大步跳过街。

"看来大家好像不喜欢我的表演，那我还是快滚好了，谢谢各位赏我十克拉钻石，我回去后会勤加练习吹号的。"丑客说。

"慢着，丑客！"蝙蝠侠出现在阳台上。

"连蝙蝠侠都赶来看我表演大闹高森市，你占的位子挺不错，那我就不让你失望了。"他拿出一罐瓦斯。

"你手上的项链是假的。"蝙蝠侠说。

"想耍我，好，那我就带走假的。"

"你想闹了事就能一走了之吗？那条假链子我还想拿回来钓

几只像你一样的笨鱼。"

"那我倒想看看你有多大的决心，想要浪费一辈子的时间来捉我这条笨鱼。"丑客放了一把火烧起了饭店雨篷，大家慌乱地散逃。蝙蝠侠挥开披风，抓住射出的钢索，紧急滑向对街，松手落到地面，站在丑客身后，手臂勒住他的脖子。丑客还手顶了一个肘，跳上了小货车离开，蝙蝠侠向车轮射了一支尖镖，快步又追了上去。

"小猫！"瑟琳娜四处寻找着宠物，"小猫你在哪里？你们会踩死我的小猫的。"主办人想把她从人群中救出去，并看她的脖子是否受伤，但是却被她一掌狠狠推开，只见她失魂地向街口跑去，口中喃喃有词。

慌张的丑客找了条小巷子，赶快转进去。跑向一道铁门，把锁扣上，得意地站在原地看着紧跟了上来的对手说：

"我从不知道自己的背影有这么迷人，看你追得这么认真，太令我感动了，改天我一定送你一张签名照。抱歉，我快赶不上八点的电视连续剧了，再见。"

"等你进监狱里，我保证每个节目都不会错过。"蝙蝠侠劈开了锁，马上捉住了他。

"轻一点好不好，真凶的正义使者，这么快的动作是否想急着回家上厕所？奇怪，刚才你是怎么开锁的，是不是当过小偷？你对前辈也太没礼貌了吧。"

"交出钻石，跟我回去。"

"交就交,反正放在口袋也觉得刺刺的。至于回去,那要看你的吸引力够不够了。"他手掌放出电击,把对方电倒在地,趁机逃走。跑到巷子外时,还回头大声地说:"蝙蝠侠,今后你最好抱着钻石睡觉,免得它半夜长脚跑掉,到时可别搜我身子。哈哈!"

他吃力地想爬起身子,但还是全身发软。

"丑客你逃吧,你逃不出自己的贪心的,只要哪里有你要的东西,你就会再给我一次捉住你的机会。"

他已经不见踪影,巷子里只剩他一个人扶着墙站着,看着身影斜倒地面。

另一方面在离饭店不远的街口,瑟琳娜发现了小猫的尸体就躺在路上,看起来像是被车子碾死了,她悲伤地将它捧起来带回去。猫血流满她的两手,她像是受到极大的打击般,表情麻木而吓人,在走过一条无人的巷子时,几只在一旁翻掏垃圾的野猫匆匆躲开,她停了下来,把猫尸放在垃圾堆上。她全身无力地跪下来呕吐,两手撑在地上。

"可怜的小猫,是谁踩死了这只纯洁善良而没有反抗力的小猫?谁?是某个人吗?不,是每一个人,是所有高森市的人害死了小猫,你们知不知道脚下踩死的是什么呢?它是我的全部,你们为何这样对付我?是否我不够尽力满足你们的好奇心?哦,我心此刻已死,那究竟此刻活着的我到底是谁?我知道,我是个魔鬼,一个从死亡中诞生的复仇者,今后世上没有瑟琳娜了,我要化身为一只非人之兽,我要蒙面独行于黑夜中,践踏这个城市,我要人们拼命逃窜,彼此践踏。这赐予我魔性的仇恨心啊,你命令我、操纵我吧,别让我嘲笑你终日只会乖乖躲在理智那张病床上。猫儿的鬼魂啊,降附于我,我们一起去玩、去玩。"躲在一旁仓库门后的丑客,无意间看见这一幕,心中感到一股寒战,他最怕猫了。为了躲避追捕,他不情愿地看了这一幕。他记得母亲就是这么喜爱猫,尤其是自从父亲离弃了她之后,当时自己还是个少年,他为了让终日愁病的母亲振作起来,特别趁那年马戏团到镇上表演时,带母亲去看热闹。

那个有名的马戏团中,有一位非常受欢迎的小丑,人人都说他是丑戏的天才大师,他一出场,所有观众莫不被逗得大笑不停。母亲见儿子心意甚善,不忍拒绝,便抱病前往。没想到就在小丑上场时,可能是空气不流通,母亲竟突然脸色苍白,昏倒在位子上。当时他十分紧张,大喊救命,但是根本没人注意到,因为当时所有观众完全被小丑大师吸引住了,大家笑声震天,笑得上气不接下气,笑得激动无比,好像屋顶都快被震碎了。他捂着耳朵尖叫,看着母亲与观众、小丑,顿时心中又恐惧又愤怒。在母亲下葬后,他开始对笑声怀有一种恨意,他心想:"你们尽量欢笑吧,不要停止,有一天我要成为丑角中的丑角,逗你们大笑,有什么比死于大笑更可笑的事呢?"他想着,突然破涕为笑,令其他墓园里的人惊讶不已。从此他便走上犯罪之路,处处言语轻薄。

"嘿，猫女，这名字真性感，如果不去夜总会就太可惜了。"丑客走出来。猫女随手捡起一个玻璃瓶，就朝他砸过去。

"长这么漂亮还有什么不开心的呢？真不懂像我一样笑口常开有什么难的。何况我又还没拿球棒，你投什么球呢？"

"你没被蝙蝠侠捉到吗？真幸运。"

"他来捉我时没被电死，那才叫幸运。"

"我不知道原来你喜欢空手而归。"

"听你的口气，好像我才是跪在地上，为一头死猫拭泪的白痴。还有，你话太多了。"

"如果你只爱斗嘴，那去找只公鸡吧。"丑客脱下外套给她披上，沉默了片刻。

"你要上哪去？"

她交还外套。

"我对穿在身上的东西很挑的，我要去弄点真正棒的行头，你要来帮我提袋子吗？"

"现在街上满是巡警，你想他们会放一个疯女人在高级服装店磨爪子吗？"拦住猫女。不料她二话不说，两眼一瞪就是连连挥掌踢腿，重重把丑客打得蹲屈下来，然后朝巷口跑去。丑客知道若不跟上去帮忙，她肯定会因为闹事被捉，这种激动的情绪对一个过来人来说，十分容易体会，并且容易预料其后果。于是丑客便马上也偷偷地跟她去，以便能帮她解围。

一辆漆黑色的名贵跑车，快速地行驶过来，蝙蝠侠向开车的助手罗宾点了个头，这便是他表示安然与谢意的全部动作了，不过这对罗宾来说已经是很足够的鼓舞了。他们将首饰送交局长后，得知了瑟琳娜失踪的消息，蝙蝠侠不但为此极为气愤，更直接认定丑客是绑匪。罗宾晓得他这股气愤，将会使他们这个夜晚熬得多深了。

"当你要捞针时，才会感觉到海有多大。罗宾你看这个高森市它多么巨大，哪个地方都可以是藏身处，它的广阔好似要将我的雄心用尽，为何这城市只是令我愁累？"

"奈何这即是我们在此居住的唯一方式，它好像就是要我们不休止地观看它。所有的推理与假设，都为了破解一个谜而反招致更多谜题，只有寻找到丑客，逮捕他之后我们才能休息，仿佛我们的家就在邪恶者身上。正义啊，我们在归途上，却不知家在何方。"罗宾说。

他并不知此时蝙蝠侠心中并没有主意，对诸多线索也未加以注意。失踪的瑟琳娜在蝙蝠侠的脑海中，她的美貌使得再坏的声誉和个性，都成了博取他更多同情的武器，他迫切想救出她，然后忍耐她的缺点，然后慢慢把它消除。他爱慕着吸引人的美貌，那与内在无关的美貌，好像是种让人一看就忍不住赞叹向往的自然景物。他感到一目了然的东西，远比深不可测的东西更迷人，更不会虚假万变。

"我们分头找，随时联络接应。"蝙蝠侠跳出车外，攀住巷里的梯架，听见声音而探头看看窗外的楼房住户，连个人影也来不及看见。就在他飞越过一个空屋阳台时，看见了一只毛色黑亮的猫，不知从哪跃上了墙缘，它弓着背脊，前爪掌微微悬抬着，侧着瘦脸瞪他，双方都顿时静止不动，他在这几步之远外想起：

"听说瑟琳娜从不离开手上那头猫，谁不小心碰它一下也会被骂，真是爱猫如命。"摇摇头。"真奇怪的心态，没人敢批评她吗？"记得局长如此说过。他不能确定是否就是面前这头猫，很怕一靠近就会溜掉，所以他不得不呆站了一阵子，希望慢慢能抓住它。在这个同时，蝙蝠侠无意间听到了对面窗口传过来的一阵轻快的音乐声，还夹带了一阵女孩子玩乐的笑声。要不是临时动不了，他才没多少机会把这种三拍子的舞曲听得那么仔细。它听起来很单纯，也只有同样单纯的人才会享受这类音乐。他注视着黑猫的移动，觉得好像听出了一个女孩子的外表和个性，他不经意侧过头去望了一下那个敞着光亮的窗口，看不见人影，也忘掉了刚才想起的模样。一回头，猫却已经溜掉了。

手脚再敏捷的人，恐怕也比不过一头猫。他相信人质一定离此不远，便跟着慌逃的黑猫追去。他心中深信自己终将是获胜的一方，但同时又对这信心的自满感到幼稚，因为若不如此假想，他全身就使不出任何超强的力量。

路上有一家招牌上镶满霓虹灯管的酒吧，吸引了存心要捣乱的猫女，她叫了一大杯烈酒就大口地喝了起来。台上一位身穿皮衣皮裤，挥持着长皮鞭的脱衣舞女郎，吸引了台下所有男人的注意力。猫女醉意十足，不管一切就脱了衣服上台去较量，乐得大家兴奋叫好。接着猫女抢走了那套皮装穿上，一脚就狠狠把身旁那位舞女踢下台去，店里的打手立刻冲上来。

"那不是模特儿瑟琳娜吗？"一个人说。

"答错了。"她把皮鞭挥得像闪灯一般，击打了那两个壮汉的眼睛，然后用鞭尾甩缠住天花板上的铁管，拉起全身，两腿一齐弹踢。看到两人被踢下台，所有人都乱成一团，酒汁溅洒，轰然叫闹。酒保无奈地走避。

"现在的舞女郎居然买得起这牌子的皮装，可怜的名设计师。"一位在店门前正要骑机车离开的人，突然被一鞭抽裂了脸皮，车子来不及拦阻。捂住脸颊看着猫女皮亮亮的背影离去，而脚边却不知何时来了一头黑猫。它低头嗅着血滴。

单手伸进侧边的皮袋子内，摸出来一看，是短刀和头套。她骑向人多的商街，脸只露出眼眶和鼻尖以下部分，长发斜飘在后，前方遇上的车辆全部主动惊险闪避。店家逐一要打烊，却无意间看见一辆机车急急冲来，几乎是要跳开才能躲避，玻璃墙的刨破声响把驻警全招来了，只见猫女挥击着长鞭伤人砸店，掉在地上的枪没人敢捡，她踩着一个店员的脖子问：

"你恨我吗老兄？"那人迟了下回答：

"不，不恨。"神情惧怕。

"说谎！"踢了他一脚。再勒住别人问：

"那你恨我吗？"

"恨、恨。"慌张地直点头。

"不错，学得很快，那就让你多恨一点好了。"一掌把他的头推向灯柱。猫女疯狂的举动在赶来支援的警员包围下终于停下来。

"两手贴地趴下。"话才一说完——

"一群男人欺负一个女人，或说一头小猫，这未免太丢脸了吧。"丑客站在门口说。警员一将目标转过来，就见他持着盾牌与长剑，从容地走过来。在这注意力分开的时刻，猫女便从楼上逃走，只留下一句话："别以为我会感谢你的，丑客。"大理石的地板，还有陈列架上一件件昂贵的服装，这熟悉的环境感，此刻令她觉得厌恶，好像是个抱着一条腿，不让她走动的老太婆，她非得要摆脱这种高贵的障碍不可，即使要用凶暴的手段也行。她跃下一层楼，落在一个庭院里，但这时正好有一个人就正站在身后。猛然回头一看。

"总算找到你了，你还好吧？"蝙蝠侠说。她扯下面罩，慢慢面对面站起来。

"我得知丑客在这里闹事，心想大概你就在附近。他有没有伤害你？"他又说，同时瞄了她的皮鞭一眼。猫女本来就要修理丑客，但是想到要是他被逮捕，那也太严重，同情心顿时使她哑了口，甚至想阻止蝙蝠侠行动。她从这戴着面罩的男人眼中，看到一股渴求复仇的盛怒，同时也看到渴求施惠于受害者的慈祥，她没想到要阻止其行动的对象，竟是一个如此难以捉摸的人。不过也许他也和其他人没有不同，只是个重美色的英雄狂，她一想，又觉得好像是自己为了要陷害这个打不过的超人，所以才编造了一个丑化他的假设。

"你是谁？为何你戴了面罩，所以我必须与其他所有见到你的人说同一句话，你是谁？你能不能为了阻止我再问下去而拿下面罩？"到底是什么样的一个人，会想和丑客交手？她知道他们一旦相见，免不了一场激战。她想起小猫在一场混乱中慌张逃窜，一群踏脚、一群转轮，直来横去地袭击。她憎恨这些会令自己心思陷入矛盾不安的人们，她想认为蝙蝠侠那双眼睛顶多只是浮在一张不可信任的美好面孔上。当他注视时，那眼睛仿佛能将心中所想的每件事，全部搅成一个漩涡，看，他几乎像是一只具有心智的蝙蝠，他要迎敌作战去，整夜出没于天空，由于心志已定，经久生变，终会化身成为一个直立于地的人，不管他是谁，必定要让脸孔封守在看不见的地方。

"如果人无法被看透，那他何必被看见。我是一个正在寻找着丑客，并且要收拾他的人，你快点离开这里吧。"蝙蝠侠说。

"我带你先去看一个东西。"她说完便走回到屋内。跟着进去时并没怀疑，只是看见猫女镇定异常，一点也不担心会遭袭。

"我记得在这里看到一样东西。"说完，她突然在暗处挥出长鞭，缠住蝙蝠侠的脖子，然后从楼层跳跃下去，把他拉到扶栏上，经过一阵僵持，才把他扯下来，在地板上摔昏了过去。

等到醒来时,他已经被丑客绑在柱子上。

她肩上挂着鞭子,从丑客身后走出来。

"你是谁?"蝙蝠侠说。

"我是猫女。"

"那么这位大英雄究竟是谁呢,现在谜底要公开了,这比彩券开奖还刺激,这个揭幕仪式可以把你的死期再拖个一分钟,光荣吧?"当丑客要伸手过去掀面罩时,一只从后头射来的飞箭将他瞬间钉在地上。仰头看向窗口。

"原来是该死的神奇小子!"

罗宾扔出一枚瓦斯弹,把两人熏出了外头,并马上为他松绑。他与助手迅速地展开了合力的追捕。

"听我说猫女,你快点逃,我来对付那两个家伙就行了。"丑客掏出电击枪。

"用不着你下命令,腿是我的,往哪跑是我的事。"她知道若两人一起逃是逃不远的,必须有人留下来拖延时间。她感到丑客是真的想保护她,所以心中更不忍让丑客一夫当关。

"快走开,算我求你。"他知道猫女一心想证明自己有多强悍,第一天上班总是最具野心,越赶就相反越不走,何况没时间说理由了。猫女也知道要丑客这种人说出请求的话,是很不容易的,所以她只好听从。

"我已经懒得理他们了,你爱打就去打,再见了。"眼看罗宾紧追过来,猫女转身拼命逃跑。他们两人分头带出了两个战场，心想收拾这里后，再去那里协助。丑客又急又气。

罗宾边跑边射出飞箭，不料猫女用鞭子缠住上方路灯弯垂的前段横杆，整个人三百六十度绕了个飞天大回旋，躲过飞箭，还一腿踢中了他的背后，他全身使不出力气地趴倒在地。猫女本来想回头去看那两人的情况，但是当真的走了两步，却又退缩了，她觉得好像被一股凶恶的力量推斥着，几乎要将犹豫的她推倒在地，这里完全不欢迎她，要留下就要出手作战。有两个蹲在暗巷子生火取暖的人，喝了一口瓶子里的酒，看她一眼。这个女人的笑容是因为什么事？大概是睡不着的疯子，那个像是来自阴间的笑容，揪着她无声的轻盈脚步溜走了，真是既美丽又骇人，真想一直看着她，但永远不靠近她。空酒瓶遭那个人丢弃，哨咚一响。

"死亡，"猫女远远地说，"你在哪里，我所有的东西都准备要给你，我不知你在哪里。但是死亡，我知道我正向你迈步。"渐远。

笑声从丑客嘴中发出，断续粗尖交替，钻磨蝙蝠侠的锐耳。很难接受花费这么多精神，为的就是要对付面前这个人物。要认真阻止丑客令人讨厌的行径，这行动本身也一样讨厌，不去理会则又不会消失，这个事实给了他另一个生活，他无法从这对峙里逃走。武器紧贴在腰际间，这些东西能使他英勇，更能救护他的命。这一场场发生在高森市的蛮力争斗，不断地调教他，这样想、这样做，不能有丝毫存疑。

"你把瑟琳娜怎么了?"

"不关我的事,不知道,可能是她想通了,看破一切后,决定要学我修理你吧。"沉默了片刻。

"你为什么要犯罪?"他后悔开口这么问。丑客顿时收起笑容,之后才又勉强假笑:

"你相信我的话吗?犯罪让我觉得大家恨我,越恨就让我觉得自己巨大无比。其实人最大的快乐,就是不再有罪恶感。这就是你不会笑的原因,你的愁容太让我想逗你看看自己的蠢样了。"他忍不住这么说,只要能伤人的话,就想说出来招引受不了的人来动手。他想也许猫女不在他身边,反而会更安全,他知道自己注定不能与同伴在一起,与他同在的只会是恨他的人。"我们真是一对兄弟。"丑客说完便持刀冲去。他也一样动作,像在照镜子,只是他分不清哪个是名叫布鲁斯的自己。

——二〇〇一年四月号《联合文学》

纵虎

清早虎爷猛然醒来，一跃而起，睁亮了圆眼向四周望了望，一会儿定神后，它放松了肩膀发酸的肌肉，扭扭颈脊，低头嗅了嗅泥土的那股恒久不变的气味，慢慢地才完全清醒。

　　虎爷并未因自噩梦逃出而感到安心。梦境倒映了现实，屋里屋外依然空无人影，主人进城已经数日，不知道为何迟迟未见他返回这座隐秘的山林，这份忧虑从夜晚串连到白天。当缓步穿过那道长长的屋影时，它打了个寒战，饥饿地坐下来，一点也不再觉得鸟儿们的晨鸣有多怡人。

　　记忆中有无数的证据使虎爷明白，它只需担心主人遇到什么麻烦，而完全不必假设自己遭到遗弃，这点多少使它对这份忧虑承受得很甘愿。它回忆着，在各个时间点上来回跳跃，几度感到主人的影像似乎鲜明得可以被两掌轻轻地推出到现实中来。

　　要不是肚子饿，也许它今后会永远坐在这里，安静地把昔日生活在脑中再重过一次。

年老的虎爷已经不常主动捕猎了，大多是主人代劳的，虽然分得的肉食不能满足食量，但是连这也不致令它生气。"真奇怪，饿肚子会令人沮丧，但是吃饱了却又不见得会令人开心，是吧虎爷。"它不明白话的意思为何，但是话的声调却使它很高兴地发现，自己有能听出其吸引处的能力。

眼前这一片浓密的树丛又矮又湿，藤蔓与根茎杂陈，若非真有意前进，恐怕任谁都会避开这准窝藏了无数小虫子的陷阱。本来它还以为大概往后不必再深入此地。才一踏行，虎爷便马上就找回一股警醒的精神，这精神发作在它老迈的身形时，似乎格外显得可畏。几只敏感的蜘蛛早在尚未确知靠近的是什么东西，便已经急躁地朝网际连爬带跳。

再过去不远，就是一处山鸡经常栖息的地方。在接近的过程，它发觉自己有多久未曾单独生活了，从前当它还小，在虎群里时，同胞们总是在附近来往出没，好像若是敢离开一个范围，它便不再算是一只具有任何天赋的虎类。直到有一天，它偶然地在猎捕一只幼狐时，不自觉地远离了领土。其实，那只幼狐也是正因为要躲避追捕，才会慌张地逃，没想到反而最后就这样自己迷路了。当虎爷那时停下快步，察觉到迷路时，小狐狸便趁它回头望望的时机，灵巧地钻进了一个洞穴消失了。

那是虎爷生平第一次落单，尽管接着它努力一直试图找到回家的路，但事实上它之后并未如愿返家，可是落单的处境倒是不久后就得到了改善。

与主人的初遇是在一个黄昏，当时它正在树林间觅食，差不多就在一池山泉水的附近，它看到有一点不寻常的动静，原本以为可能只是只鹿或是猿类，不过它看得越清楚，反而越不敢确定这是什么动物。悄悄地埋伏在草丛里，它小心地观察着这个对象，看对方是否具有更强大的攻击能力。那个人当时正疲倦地靠坐在一棵树下，毫无戒心地把玩着手上那把小刀，他看起来年轻健壮，高深莫测的神情中带有一股傲气，就连疲倦也不会减损这番气质。

　　种种的印象看在它眼中，就只是觉得奇怪而已，它从未见过如此奇特而异于四周的动物。看见他忽然坐起身子，伸手进去布袋子拿东西时，它反应灵敏地缩了一下身子，那人虽听见了一丝声响，但也只是张望了一眼就不去理会了。他拿出了一张图片，想趁天色暗下来之前，再看一眼，并且顺便取出一些器皿。才看一下他便把图片收进袋子。

　　此时虎爷的好奇心已超过了平常的判断力；为一个反常的对象产生反常的行为是很正常的。于是它大胆地慢慢走了过去，想看看人的反应是否友善，也许他和其他猎物一样可口？这人一见情况不对，马上紧张地两手捉起了棒子，全身硬邦邦地站在原地，两眼瞪着它那双疑惑的眼睛，他们就这样僵持了好一下，没有一方敢稍有动作。

　　在这瞬间，虎爷感觉到瞪过来的那双眼睛太特别了，好像看见了死神或什么鬼怪，在之前它不曾被这种眼神看过，不管是同胞或是别的族类，它好像从他的眼神了解到自己的另一种模样。怀着一种类似崇拜的情绪，它首先走近他那双没有移动的脚，微微嗅闻了一下，然后便温柔地坐了下来，像是一只听话的大花猫。这人打从心里感谢它没有采取攻击，当他想仔细看看老虎的温驯体态和毛色时，天色已经完全暗了。

往后他们漫长的共同的生活，不断使彼此心中领会到友谊的可贵与神奇，除了偶尔主人进城一两天，他们几乎不曾分开。虽然语言上有无法互相明白的遗憾，但这遗憾反而使他们心中更懂得替对方设想，更懂得猜想那一些小讯息所代表的含义。

"起先我们的年龄相同，但经过这些年，如今你已经比我年老，也许我该尊称你一声虎爷是吧。"虎爷不知道主人为了什么躲到山上过着隐士般的生活，也不知道他为何进城，会不会哪天又回去城里？

现在，这四周的满山绿叶绿茎，好像多到快把它吞没掉，它无法单独在任何一处久留。一只只活跃的猎物，将满怀欲望的它整得精疲力竭，也许会只因捕获一只山鸡而丧命于自己庆功宴上。也许这个生气盎然的角力场，便是个绝佳的葬身处，虎爷并非确信自己即将结束这熟悉的生涯，它只是不堪设想再这样下去的日子会有什么必要。

但是若最后能够再见到主人一次，它觉得好像那样便值得再多喘几口气了。

"虎爷啊，你是这里的一员，而我只是个耍赖的客人，你留在我身旁不走的话,那我岂不是喧宾夺主了吗?或者,你这么做用意是要我加入这个原始境地,成为你们兽族王国的一员吗?但是我有可能只因为归化另一地,就享有你们的生活方式,并挥别我身上的罪恶吗?不要为难我了,我可没数百年寿命。"主人说完后伸手抓抓它的脖子,它觉得说话声调起伏得像某种奥妙的鸟鸣,轻盈地击震了空间中的每个障碍,若是一再专注聆听,会让人觉得那是一种将语言区隔成诸多派类的障碍物在发响,那是这星球上所发出无数声音之一,不曾停止却无法预知它将于何地发生,正如自己得意时昂然发出的吼叫般,它们震响了这个大空间,浑身撼颤。

这刻当附近一只山鸡惊慌跃窜奔逃时,它才发觉自己已经露出身形于众耳众目间了。就在这瞬间,它鼓足了全力,凶猛地朝向猎物追去,前几步虽不慎颠滑了一下,但接着便快速追上山鸡,两掌齐扑,张口就咬。在吃的时候,自己才发觉原来这么饿。

它晓得吃下去的不只是一块软肉,而是一条具有魂灵的活跳跳的生命,所以更能感到获益,以及一种体验上的充实。几百次地这么做之后的它,势必成为一个非常了解这么做的重要性何在的狩猎者,它越卖力嚼食越显焕发,在口腔内稀碎的骨头,粗糙地刮磨着舌面,主人猜想过好几次,究竟刚才它去哪捕了什么来吃?由于力量很大,所以吃起再大的动物,都只像啃鸡骨一样容易。主人露出难得一见的笑容。

挺起身子顶着正午的阳光，虎爷这时候精神振奋地产生了一个念头，它要去找主人，去帮他脱离某种困境，也许主人正如此期待着，一刻也缓不得。假设找不到或者主人遇难了，那至少也算得知真相，而避免凭空想象。于是它马上回身跃出草丛，不顾惊动了多少小动物，便快步下山去了。

在摸索往城里的路途上，有几次瞧见了工人及农人的踪影，并非所有人的样子都吸引它。仔细窥看那些陌生人的特征时，它依然保有一种随时可以拔腿狂奔的警觉性。

拿在他们手上的工具又直又长，看起来像是正要去迎战某个难缠的对手，满心不甘愿却又打起了精神。整齐培植在他们的庄园内的果树及菜叶，终日在队伍中立正看齐，等待军官前去纠正姿势。从库房另一侧传来的切割声响，持续尖锐地恐吓着身为入侵者的每一只雀鸟或蜜蜂，虎爷没有冒着被发现的险危，去搞清楚那不友善的工厂到底是在生产什么基于什么需求的好东西。

嗅闻气味中夹带的丝毫讯息，它受着自己的路途牵引，尽力去从寂静中听出不寻常的声音，直到终于望见城镇的景象浮现在夜空下。这巨大而新奇的景象足以让任何未曾见过的人望而怯步，虎爷顿时有些惧怕地放慢了步伐，因为从未想过自己所一心到达的地方，竟然是这种模样，真不知道原先的动机在此刻派得上什么用场，连个办法也没有，有多少时间可以停留在掩蔽物后呢？已经来到这里，就不要担心一踏出屏障外会被人类发现。

等到家家户户熄灯后,它现身了。

平直的道路与竖直的墙壁全面硬化,把它玩弄于手心似的,很轻松地威胁它的企图。只有夜空中那高不可及的月亮是它熟悉的事物。为了平息四起的排抗,它将动作执行得更无心,好像是一个反而该受到关切的走失者。

往哪里走才对呢?先停下来回头确定一下是否有退路。要是被困住怎么办?

"虎爷你看我现在这个模样,和起初刚到这里时差多了。你知道我为什么要来山上吗?我是要来寻找一样药草,结果不知为何就迷路似的困留了下来,接着又放弃了找出路和找东西的念头。"主人虚弱地咳嗽了一下,"后来我意外地找到了那种药草,是在遇到你一阵子以后的事了。太迟了,我不敢回去,这个决定的可怕不在于内容,而是这决定似乎一天比一天更不能去更改。"

一场重病领主人回到城里。月亮高高地露出一阵阵裸亮的光波,它永远无法被理解的表面下,会不会其实并没内容可以被理解?虎爷受月光吸引不是因为看得懂,而是因为看不懂、碰不到它。他们以此极简单的形式成为好同伴,但这个同伴只存在于这番简单的形式中,像是些只字片语,看、好、来、走、对……就只是这样子而已。月光轻轻揭开城镇的外貌,及几个人出没的踪影。

一个餐馆的学徒奉命去买点消夜和酒,一个心智不足的人在游荡,还有一个刚才去探望孙子的老婆婆。路上没有人没事做停下来。

　　有一只狗马上察觉到它,立刻放声吠叫,被吵醒的人并未理会,但虎爷则是先瞪了黑狗一眼,见它吠叫不停,接着就快步上前蹬跳过去,狗吓得边吠边逃,把其他附近的狗也都引了过来。追到巷口虎爷就骤然止步,希望吠声没有因追逐而加强。几只随后过来的狗,在看见它之后,也一样远远地就停了下来,拼命地一直狂吠驱赶它。这般情势令它不得不采取行动,在满心气愤下,这时虎爷终于站在路中央,向四方放声大吼,吼声中夹杂了对四周的反抗与对主人的叫唤,洪亮而粗犷,吓走了狗们,也引来了人们。

　　连未醒的人也被醒过来的人叫醒了。人们起先只敢探头张望,不敢贸然出门。听见屋内稍有动静后,它便不再掩抑自己的所在,一边向未去之处跑去,并发出吼哮。惊惧的人们并没有因声音渐渐退离而出门察看,只有几位身为壮硕的男子汉例外,他们不愿与身旁的人一样躲着,再危险也好过被看见他们保有安全,于是取下长枪便裸着上身出门。

　　主人并不在这些人当中,这些人想尽办法要猎捕它。

　　照明光一点点地向四处挥扫,零乱短促的话语慌忙地遍布巷弄。执枪的长官觉得没有叫声的安静比叫声更可怕,他随着光线向四周扫视,随时准备开枪射击。经一位年轻人语调轻急地通报后，长官向仓库那边跑去。在管理站顶楼眺望的职员，更清楚指出老虎正徘徊在一条死巷附近，只要守在路口，应该就能困它。其他有一些人因为深怕真的和野兽交手，所以故意在得知真正的方位后，告诉大家相反方向，好让自己也在安全处做做样子。长官虽知他们会认为他想领功劳，但想到若能为民除害，受点流言顶多也只会更显自己的度量。

匆匆闪过，长官在一瞬间看见身显疲态的老虎潜入死巷中，他靠着贴有戏剧海报的墙壁，封锁了这条巷子，就在五十步之遥前方，一条大货箱供给了一个唯一的藏身处，他相信老虎一定就躲在箱子背后。当然他还不敢上前，于是他便这样一动也不动地等着这只困兽的下个反应。

该不会是睡着或是昏倒了吧？长官心想，不管怎么张望，他就是看不见老虎露出半点身躯，两眼一直盯着箱子看，不久后便累了，连警觉性也松懈掉。后来管理员与警卫便前来支援，他们三人在一阵讨论以及一阵试探后，决定直接走过去瞧个究竟。结果一看，货箱子后不但没有老虎在这里，奇怪的是居然有个像是游民般的老先生躺在这里昏睡。叫了一声"醒醒老先生！"后，三人被他醒来睁开的一双老眼珠吓了一跳，两方面都既惊讶又疑惑，长官马上问他："有没有看见一只老虎？你怎么会在这里？"但在意识到这是条死巷及明明老虎潜入的这时候，他忽然觉得自己提的问题问得太荒唐了。老先生眼神清醒，但是却像是受到很大刺激一般哑口无言。警卫继续想质问下去：

"有没有？老虎、刚才跑来的。你是不是被攻击了？它往哪去了？你怎么躺在这？"长官做了个手势要他别先急着逼问，当他想要开口问他是谁时，他才想到也许老虎正在背后，而自己竟然忘了这点，他紧急回头察看，连忙就丢下老先生跑出巷子，继续与伙伴们一起寻找老虎的踪迹。

追丢了之后，他们才开始真正感到害怕，仿佛自己成了被埋伏者持续观察的猎物，这种担忧是不论他们并行或分头都无法消除的，只有不停疑神疑鬼才能令他们心中好过些。一定，是逃走了，很多条路可以逃，这么多人何必要怕一只老虎，要是这在白天，还有它横行的机会吗？把大家累坏了，光是惧怕，就足以顿时让他们如登上一座大山般，耗用掉半条命。

回去定心睡个觉吧，睡眠正等着大家回到另一个家，在那个家中，会有一切人在世上所逐一带回去的各种体验。独自面对一个由这些素材所拼组出来的一个亲密伙件。难不成是被某种坚不可摧的定律锁牢，才会总要回到伙伴身边？连刀枪都没归位就撒手飘走了，轻松得像是受拐骗的愚者，然后半途再被一下子丢开，一离开那阴森的家穴，白天就会接管这个被知觉一口吞掉的人。这满身动不动就活跃起来的血气，时刻蹿流着，光临整条路线，试着回想那由不得控制的奔跑之足，凭什么来去于两个王国，那占用精神的虚幻既能端庄又能蔓生野性。

稍微着凉后，在家的时间就会延长，直到完全不再清醒过来为止。奔跑之足正载行着一条日益老旧的命。

凌晨在寂静中将此地的冷空气梳直，柔软了下来的城楼举臂将月亮掷远，趁人们熟睡时植物偷偷使劲生长，那梦见自己行色匆匆的人依然在床上一动也不动。只有巷子里那位老先生例外，忧愁一把抓皱了他的眉头，将身子拉起，一点也不记得之前经历了什么事，如将早夭的新生儿般无所知悉自身，这类老人经常成天不是躺卧着就是闲逛，没有人理会。也许他是要漫步到城外某处，因为有一瞬间，当他偶然看见月亮时，似乎觉得看见了这个浑圆的世界，正快速地穿流过他的眼中，像是一只在山林间奔跑的老虎所见到的景象。

——二〇〇〇年十二月号《联合文学》

尽弃

等一等，好像有哪里不太对劲。王老先生这天照例出门散步，可是才走到半路，慢慢地却停下了脚步，手杖尖扎钉在地面上。在没有预兆的情况下，他心头一凉，觉得突然忘记了自己要去哪，是从哪来。他神情痴呆地站在一条往公园的小路旁，不知道是到底发生了什么事。

保持镇定地深吸一口气，不敢马上回头向四处张望，怕一慌会忘得更彻底，说不定等一下就会记起来，他看着地面，然后闭了一下眼，就像不慎割伤了手，要先紧捏住伤口，别急着看伤口大小。试着摸回前一刻的感觉，刚才是什么感觉，并没有特别的印象，就是太熟悉了才会没印象。前阵子也有过类似体会，但只是忘了一两样东西，不像这次觉得好像一整个写满字的黑板全被擦掉了。

他晓得自己早晚会丧失记忆。他没想到会在散步时发生，如果留在家里或许就没事了。他不习惯出门身上带一张写着姓名和地址的纸条做预防，不单是因为纸条常常忘了放在哪件上衣口袋，也因为不愿自己允许依赖纸条而松懈记性。如今他必然很后悔这番逞强。

顺着小路倒退回去，他手伸进裤子口袋搅拨着硬币。他出门前习惯抓一把积存在一个瓷碗里的硬币，数数看是多少，是奇数还是偶数。目的不是为了买东西，只是好玩，他没事就可以掏出来数数看，如果数目和之前相同，那就表示天下太平，这是种小小的成就，对他来说。但是如果相对数错了，那就表示可能之前眼花数错，或者记错了数字，或者现在眼花了，或两次都眼花，再不然难道是口袋破了个漏洞？他愈想愈不知道标准答案是多少，何况自己也不是全然公平的裁判。他曾经放过自己，故意草草算对，结果在买水果时，小贩才告诉他只给了三十六块，还欠两块。

另一个困扰他的数字问题则是年龄。包括自己和过世的家人，世上没有人真正知道他几岁。他出生在一个落后的乡下，时代久远，根本没有任何出生记载，那时候那里的人连今天是哪天都不太清楚。有的人在逃难时昏迷了三天，醒来还以为是在三天前的黄昏，以为告诉他事实的人是在恶作剧。生理上的秩序全被扰乱了，无法按时吃睡，当时大家甚至无法继续耕种，他们这才发现，一旦他们停止工作，脱离原本的轨道，就会对日期及时节失去察觉的能力。王老先生记得小时候父亲一直想建立一个规律，一种与自然周期密切配合的生活节奏，借以与战乱的干扰作战。他在新年那天一定要想办法帮家人弄来一套新衣服,同时研究起脱下的破烂衣服,和前年的旧衣服相比,破烂的程度便是这一年日子的写照,绽裂磨透还不算,连没理由破的地方都没有道理地破了。领口的缝补叙述了去年的一场打斗,父亲与一个闹事的酒鬼为口角起冲突,那场打架很不公平,因为酒鬼没衣服穿,人家抓伤了他的皮肤,几天过后就自然愈合了,但父亲袖子与领口部分则是裂了一道难缝的长痕。他打架时不想脱了衣服打,因为往往只是那脱衣服的几秒钟,他的火气就会消灭了几分,他认为没有足够火气去打的架,根本是送死。

另外像是饮食、沐浴虽然是有机会就把握,但他也是尽量安排固定的时候。在剪发剪指甲时,如果距离上一次正好是几天,他便会欣喜地直呼真巧合。他习惯每天太阳下山时,心里背诵一段古诗句,如果那时心情正糟,就背首哀凄的,如果相反,当然就背点欢愉的。有一次反抗军和镇压部队在驻地附近爆发激烈冲突,那时正是黄昏时刻,而且夕阳异常得明艳。父亲一边慌张地逃跑,可是一边却又想起来,好像又到了每天背诗的时候了,他不敢相信自己在这个危急的时候,居然还想到这种小事。他带着家人躲进漆黑的秘密地洞中,等候这一波情势的过境。他缄默地蹲屈着身子,忍不住又习惯性地想起了背诗,可是这时他实在想不出该选哪一段,没有一段句子适合代表此刻他的复杂心境,结果他忽然灵思泉涌,即兴地创作了一首诗,一气呵成且押韵对仗。他小声地脱口说出,把妻子吓了一跳。

等到长大懂事时,已经没有亲人在身边,不然实在有很多事想问,他想知道上两代是做哪行的,自己的名字是谁取的,哪年生的。小时候叫几岁都不是完全认真,他不记得母亲说他"今年六岁"是几年前说的,所以无法推算。直到少年时期,生理变化后的两三年,他才知道那时自己一定是十二岁左右,他将那年当成自己的元年,往后计算起来,只要把现在的年减掉元年年数,再加上十二,那应该就是他正确的岁数了。从元年起他明确掌握时间,不过那个十二仍是个未定数。

到了八十岁之后,王老先生以为自己大概活不久了,也就懒得再算年纪了,反正八十一和八十九也没什么差别,又不是一个月与九个月大的婴儿。而且也没有人问他,就算有问,他耳朵也听不见,瞎比两下就过去了。他的身体非常健康,不知道是什么原因;只有记性和感官方面退化迟钝了不少,这是老年人的通病,这让他的健康也只是增强了他对此通病的体验。

口袋里的硬币碎响着,不管是几块钱或是几岁,那些烦人的数字,此时全只是与他的生命无关的抽象符号罢了。他迷惑地走在这条陌生的路上,眼前的楼房好像没有一处接近他的家,但事实上他的家就在那里某处,只是辨认不出来在哪。

会不会是走过头了?现在路上的景象总是两三天就有个新变化,多了个或少了个招牌都是常有的事,一段时间没留意,很可能就认不出印象里的那一景。把眼睛瞪大了,再眯起来,远眺近看，还是一片朦胧，平常都是凭熟的感觉走，连看都不必看，也就没注意到什么特征。何况他住过太多地方，有时候做梦就会把那些地方的特征全混合在一起。小时候的红瓦屋顶，却配上个军营的烟囱，然后是牢房的绿门以及工寮的铁窗，里头的摆设、外头的邻居也全都错置了。无数道他曾穿越过的门，模样各异但相异甚微，有时真的会走错地方，加上灯不够亮。

向医生形容了很久，他后来就干脆放弃就诊，要怎么说才正确？眼前有细点闪颤，后层次或前层次？是辐射状的淡影或深影？有多密集有多模糊？又没办法比较，习惯了也就察觉不出异样，不是本来就只能这么清楚吗？他几乎无法再相信自己。

这个自己是不可信的，他必须赶紧在心中成立一个临时性的指挥所，专门处理目前他的危机。这个指挥者必须永远清醒客观，不被引诱走，要不被说服地存疑。这中心正努力运用目前所剩的理智，对自己百般叮咛，审检他的一举一动，并复习着现有的常识，以确保它们每一条都安全存放在脑子里。这是他最后一块自我的堡垒，绝不能弃守。

一对妇人与小孩共骑一辆脚踏车迎面过来。后头跟着是一位外籍用人推着坐着轮椅的一位老先生。他们经常在散步时碰面，有时还故意算准了时间出门，只为了试试能不能再多碰一次面，也许有机会聊天。就算聊天后发现对方并不有趣，那也是至少解了个疑。他们这次并没有点头微笑，而是略显装作没有异状的反应就匆匆交错过去。

他误认为别人的自在是"假装"的。他想照照自己的模样，看有什么地方不对劲。

要是他的外貌不苍老，就不会这么安分了。一个背脊驼弯的老人若还能得意地游玩，不是嚣张了吗？傍晚他站在车站附近的杂货铺前，以一面橱柜的玻璃照看自己的脸。"假装"也是一种对自我的要求，没有不好。

不可思议的是，如今他发现眼前一切东西都是崭新的，眼耳鼻口在这张脸上组合得多么大胆而新奇，还有脚边这只扫帚，许多须丝由细铁丝紧紧缠成一束，固定在木棍上，两下子就轻松把看不见的灰尘集成一片。他让开位子退后两步。一个来买香烟的老先生插进他面前，他忘记这人便是住在对面，偶尔会在路上碰面聊天的熟人，这位朋友在发现王老先生似乎神智有异后，便顺路领着他一同回去。他接受这人的帮助，并非出自于相不相信的判断，而是他无法在疑惑与好奇中持有主见。

他在路上的寡言样子令朋友打消了询问的念头。车辆通行，迅速地溜过身边，十分靠近，要先在路旁停下来，回头目送车辆。颜色和形体都不太一样，背景的房屋门窗，一块块地切开那坚固无比的墙壁，然后遮盖一面活板子。好像来到一个更大的杂货铺，那是什么，那两样合起来……不，全部构成了什么？为什么会有这些东西，这些东西好像千里迢迢从外地引进来，精心布置了一番，每件物品都摆放在最恰当的位置。若不曾经历千百年的时间，根本不会有造出这些饰品的技术，它们的存在证明了一趟老旧的时间曾支撑了多久。他惊异但却不兴奋，因为他心神缥缈，好像快要睡着，又像快要睡醒。这位朋友随手将香烟尾丢入排水沟。他终于回到这间又小又旧的房子，他知道这就是自己的家没错，可是万一有人宣称这不是他的，他还是会顿时怀疑有没有弄错。说不定别人也拥有这张一模一样的桌椅，一件相同的衣服。放好手杖，掏出口袋里的硬币，数了起来，不过数到七、八、九，他觉得不确定刚才有没有数过七、八、九，于是又从头算起。

　　回家虽好，可是接下来几天却完全不敢出门了，万一下次又走不回来，一定不会那么幸运遇到熟人帮助。为了弄吃的，他还是非得冒险不可。他在纸上画了地图，注明地址和地标，打算带在身上。结果画得很不准确，视力和手的控制力都不稳定，把这件小事搞得更麻烦了。

　　而且他也忘了要去哪才买得到什么。推开桌上的纸笔，回到那靠着一口小木窗的床板上侧身躺卧，瞪着面前这朦胧的光线，现在仿佛又开始了一个新的元年，之前的事已经全部砍除，徒留一个平整而茫然的切面。很难相信自己被关禁在这个有门有窗的称之为"家"的地方，连瘸腿的人都还能靠拐杖出去走动。

　　明知保持健康的唯一方法就是勤劳动，否则身体就会慢慢萎缩，却只仍无奈地违反律则。担心不动脑会退化，也只能做到在屋里胡思乱想的偏差方式。有一次他收拾好行囊，下定决心要去散步，如果走失了就干脆不回来。结果他一路上却思考力清晰无比了起来，不仅没忘了市场的路往哪走，连长久以来不记得的路全都想起来，什么文具店、修表老店、户政机关、老朋友的家在哪全都想起来了。本来没打算去那么多地方，当时心想，难得记起来，实在有点想把握机会去一下，可是背着一包行李，又无法再买一堆东西来背，走累了只好回家去。在经过公园时，几个坐在树下听一位退休的演员以标准的语腔说故事的老先生们，看着他滑稽的样子互相谈论，因为那完全不像只去市场买菜的样子，而像是去登山远足。王老先生在回头的时候，看见有一个青年人跟着他走，该不会有意思要抢他的财产吧？也许想用骗的也不一定。快走。

　　他总是忘不掉以前被骗走一大笔钱的经验，不管事隔多久还是一样气愤。说什么有人匿名要资助他，说得十分动听。每次讲到一半就叹口气不讲了，他没料到钱财和自己的情绪居然如此紧密结合，他不愿用任何勉强的借口将整件事合理化，他宁可气得睡不着，也不肯相信花钱破灾之类的自欺的论调。不信就算了，他夜里还忍不住往痛处里想，想自己辛苦存钱送给混蛋享福去了，想那混蛋一定去诱骗女人了。他想得好像亲眼见到人家怎么花用他的钱。

　　那阵子他甚至经常带把短刀成天在路上瞎逛，心想要是给他遇上了那混蛋，非狠狠给他一刀不可，他甚至还摘了有毒汁的莨菪果实涂在刀锋上，以免万一刺得太轻没事，好像等一下马上就会遇到仇家似的。结果他当然没有遇到，反而手还被口袋里的刀不小心割着了。没有人知道他这个人站在这里想什么，市场上每个人都是这样自在，他向来推销的贩子拒绝，低着头看手指上的伤口。这时一个穿着破烂的女疯子走过他面前，口中喃喃自语，神情愁苦。细听内容后，他觉得非常能体会这个被欺骗感情的女人的心情。在同情之余，他便回家暂时不去想复仇这件事了。

后来他就接受花钱破灾的说法了。

在摆脱那位跟踪的人时，王老先生故意绕别的路走，免得人家知道他住哪，骗不到就用偷的。但是没料到这下子自作聪明，真的走丢了，陌生的街巷把他的方向搞混了。好像没来过这个地方，他性子一急，便走得更偏远；一旁的住宅老旧，道路同样变得简陋，野生的草茎带着叶片蔓延得比先前的路段更猖獗，像是没有人来住过似的。

他是住在山坡下这一带没错，但明明不是这个样子，他记得整个附近都十分发达，通路直长，路面坚硬而平坦，坐在车上行驶会感到很畅快，连转弯都有滑顺的倾甩感。还有躲不开的房屋建筑，它们高大而端正地耸立着，绝不是像这如废弃公园般的杂草堆；老树根浮露地面，藤苔缠石，他怎么瞧也找不到熟悉的景象。

自己是怎么到这里的？倒回去的话是园艺的田圃，还有军人的分驻地。不对，是养鸡场、化工仓库还有安养院。有个智障儿整天都站在红色铁栏门前剥上面的铁锈和漆皮。再过去是什么？回想到这就断掉了。面前新的景物远比回忆更强有力地影响他，他要去摸摸这些干扰的植物，去触动那些轻巧的阻碍。他低头看脚搓磨着沙土，好像背底有别的东西。

沙土是面目全非的各种东西，有风化的岩石和腐朽的生物在里头。每一把抓起来，都囊括了世上所有物质的贡献。一阵风吹移了它们几时，这个终点大到没有边际，盲目的外力将死物送上旅途，新的将旧的盖埋进密实的漆黑大地里，潜离地表，只有偶尔树根会在里头缓慢地摸索，找水液来吸。蹲下身子，手臂松挂在膝盖上。他在自己张开的大腿间嗅到一股裤胯上的尿骚味，洗衣服太麻烦了，一天比一天忘得彻底，白费力气，做了等于没做，他晓得早就老到该死的地步了，难道不是吗？

这个荒郊野地具备了与各地方相似的部分，好像它可以被当成是任何地方，如果一群妇人在这里来去，那它就会变成交易的市场；如果一群壮汉在这里开垦，那它就会变成学校和住宅。在这个未经搭建的空地上，他心中产生不了任何主意，没有一件物品能提示他该做什么，或者指引他一个构思的方向。他蹲在这些披布世界的尘土前，变成了这样没有心智的空洞的人。

那些在公园走失、数算年纪之类的过去的事情，现在都已经随他的指挥者的瓦解而遗忘掉了，遗忘是在毫不知情的情况下连根掉除的，没有告别和感想。于是他不再凝视沙土，他站起来随兴地行动，看到什么就单纯地看什么，但他身姿弯驼，动作犹豫畏缩，不敢妄进，好像冬天涉过河川的样子。

　　他没有注意到后面走来了一个疯女人，手抓着装有沿路搜捡的剩余食物的袋子，其中一块热面饼是位同情她的人施舍的。一直到通过他身边时才发现这个外表很难看的女人。她只顾口中念些听不清楚的话，完全不理会他的观察。起先他并没有对这个痴呆的女人的出现有什么反应，但是当眼看她就要离开时，他忍不住好奇地跟过去，随对方一同走进叶边利如薄刃的草丛里。

　　就在一棵病死的枯树旁，有一间破烂的废工寮，门口堆放了很多玻璃空瓶罐，有的积了水，里头长了浊垢和蚊虫，有的里头则塞了正好可以通过狭小的瓶颈的石子，像是小孩子放的。阴暗的屋子里也摆满了各种捡来的杂物，叠得最高的那堆纸箱子，随时都会倾倒压到人。她看着老人疑惑地跨进屋子，不但没有生气，还将食物先交给他，好像不敢相信自己终于等到这个人回来，而且没想到这个人原来是长这个样子的。没有太靠近，只是各坐在一角。老人一边用手抓着食物塞进嘴里，一边不安地扫视周围，吃完了还倾过去抢了她的面饼，两人互抢了一阵，她便跑掉，继续再到街上游荡，直到隔天，才又带了一袋食物回来给老人。

　　老人以前夏天的时候，也曾这样单调地坐在火车站或医院的大厅，等一天天过去，他早就没有活力做任何事，甚至连开口说话的能力都有问题，只要摇头或手一指，就可以处理所有事务。等到头发和胡子长长了，才晓得又过了一段时间。

除了这位妇人，没有别人会来这里。谁来这里留上几个钟头，都会想要回去。搭火车的乘客仿佛被大厅入口从各地给吸了进来，一个都没有遗漏，只有他卡在半途的障碍上，没被一并带走。他的智力变成了那张拦住他的座椅，椅子就固定在墙边那里，若是离席，那么那股总是在推动他走的力量，便会趁机搭乘他的生涯，到某些场景去游玩，像是完全被控制住一般听话。他们要去某个觉得非去不可的地方，借着那辆极为壮观的交通工具，行驶的声音震天撼地，他们在节日返家。地图指示、箭头颜色、看板、方向，现在的位置是在这里，延迟半小时进站。

他没有办法跟踪那个女人走一趟远路，她走得太快了。而且这全身臭乱的毛发使他不敢以异类的身份闯入别人的干净领土，只有这自异地返回的女人是他的同类，他们与自市区撤逃过来的昆虫和动物们一起躲藏在这野地。在那里根本活不下去，连被风送往那里去的植物种子都活不下去，好像他们既懦弱又无能，越退越远。飞过上空的燕鸟快如秒针，沉落的夕日慢如时针，这辽阔无比的巨钟，把光阴显现得非常深刻，一体察到就会浑身虚软地颤抖一下。

一辆机车在远处沟渠旁熄火，一对年轻的男女找了一个隐秘的地方，从背包底部掏出迷幻药般的毒品，悠闲地坐下来吸食。手电筒的光微微点照着他们衣服寡少的身影,身旁的草叶微微点触着肌肤。老人悄悄靠近,试着窥看他们在做什么。拿木棍撑稳脚步,圆亮亮的明月使他的毛发显得银白而曲皱。很难完全动不出声音,他移动得像一头狩猎经验丰富的瘦兽;要不是饿坏了,一定可以表现得更熟练。有多少猎物在他存活的长久时间中丧命?惊人的食量把他的天性变成罪行,摆脱不掉的好本领,多么宁静的逼近。没人理他在那里做什么,那个老人天天都会去公园散步,最多就只能这样。他路过一只倒在角落的亡犬,每天经过都会发现它比前一天更腐烂,恶臭阻挡了行人接近,要多久才会完全消失?公园慢慢将狗的尸体吞噬消失,也许腐烂需要的时间比它活的时间更久,算算看。

他们的笑声兴奋,但并不放肆。他们好像酒醉得剩没多少力气来实行此刻脑子里的狂想。他们的话语若是在家里,绝不可能这样。他们迷糊地站起来,晃了一下失去重心便互相拥抱着,要四只脚才站得住,相靠的体重找到了平衡点,不能再稍有移动,登高的笑声愈来愈稀薄,只有很靠近才听得见。老人注视着这吸引人的景象,看得十分入神,好像从来没看过这种动作,除非曾经闯入过别人的卧房。他知道这种动作的意思,但没有想过这是可以看见的。在一瞬间他清醒了过来,但只是一下子,好像鲸鱼的背部在海平面上浮露了一瞬间,然后就不见了,海面恢复平静。

他傻傻地站起来,露出身影,转头要离开。可是那对年轻人恼羞成怒，大声叫住他，他听不懂为何人家要对他说这些挑衅的话。女孩认为算了，但男孩马上掏出了一把尖刀吓他。老人看对方无理取闹，偏偏不滚开，举起木棍就示意挥击，男孩忍不住气冲上去打他，他也用尽全力想抵抗。少年刺了他腹部一刀便赶紧逃离现场。

　　后方不远的这间旧工寮，依然传出妇人自己的疯言疯语，屋内漆黑闷热，她一直唠叨地说到睡着为止，毫不理会外头的声音。深夜里的呼吸规律而微弱，在熄灭的边缘不停徘徊，好像在找什么东西吃，越找越饿，此外没有任何别的事需要去做。

——二〇〇一年八月号《联合文学》

兽行

大门一直是关着的，还上了锁。面向门在屋子里做早操暖暖身子的少年，并没料想到若看着长方方的门一阵子，竟就会如此发现到门板上的这片漆涂得不均匀的棕黄色。使它显得是多么地不牢固。读书人至少要做做早操对身子比较好。只有门前有一块可以活动一下的空地，只有这时候才会对这无处可看的门这样地观看。只有上锁的门能够让少年晚上安心睡觉。

　　母亲曾说：自己住就要记得晚上锁门。

　　如果没锁，真就会有危险的事发生吗？

　　停下手脚，他觉得这门板似乎不坚牢得随时都会倒压过来，平贴于地面。而且似乎外头有谁在按推着，力量虽大，但仍在承受得了的程度内，可是就快超过了，想必那碰的一声，会像炮击一样吓人。

　　坚固的墙壁中，就只有这个漏洞可以自由出入，一被打开就什么也防不住了。坚固的原则不能动，除非连同整间屋子一起被击毁，多虑可以解救一个人在外时会遇到的麻烦；这句话母亲没说过。他现在觉得想打开门，确定一下外头真的没人，让他的多虑到此为止。不过真的有必要这么没信心,好像拼命想找借口放弃学业,赶快逃回到老家去做工的样子吗?

视力和体力是越来越差了,再这样下去可不成。自己就是因此讨厌这个比较有发展的热闹地方吗?他一定是因为担心现在自己会抵抗不了那破门而入的不善的来者,才会如此多虑。以前他就不会这样。身上发了一些汗。最好是到学校运动场去跑个几十分钟,把心脏从打瞌睡的状态叫醒。可是又怕人家认为他爱表现,每天不知何时会走路经过大家眼前的那个有着一张很美的脸孔和很美的身姿的人,也许就会那么认为。

昨天是最接近看到的一次,原来人可以是这么好看。回去后他就开始对自己的不够健壮的模样感到很愁烦,但他又不肯承认这种愁烦和一个不认识的女人有什么关联。该读书了,再来是该吃饭了。于是顿时更厌恶起了这道介于两者之间的大门。

打开来看看吧,就这样简单。

门把的转动夺去了门先前它的威严,他瞧不起似的猛然开启,结果门口外居然站着一头壮硕的大黑熊,这头在红润肤色上长着疏密不一的黑色长毛的熊,活生生地站挺在少年的面前,一股臭热的气息迎面扑来,他吓得赶紧逃退,躲到廊柱的后面,露出半只眼察看对方。他的喘息和颤抖,几乎使他变成了另一个东西,像是一条逃躲着大熊猎捕的鱼。于是那头不知从哪来这里做什么的熊,就这样闯进了屋内。

从和缓的动作看来,黑熊可能没有明显的敌意,说不一定反而是它想逃躲饲主才会来的。在安抚心情时，他仍然希望马上能脱身求救，可是外头谁会相信他的遭遇，邻居又不是从小看他长大的那些肯相信他不会疯言疯语的人，一想象这种听似谎言的求救会招来多大的嘲笑和回避，就忍不住更加害怕。虽然很害怕，但现在他明白这是他自己的事了，说不一定大家都遇过相同的情况，只是一样没人敢说出来而已。秘密的会谈，私下的批评，他从不知大家是在议论些什么那好像要是被听到就会被捉去枪毙的大事。他一走过去，那群人就散开来，装作没事，连逼都逼不出什么他想知道的话。

为何他无法预料到自己早晚会受到一头兽类威胁？这不是一场风雪、暴雨，或是窜烧四处的熊熊烈火。过去的任何经验此刻都无法帮他想出一个办法来对付那头熊，人怎么单独抵挡得了一头大熊？这是否和患了疾病一样是种不能违抗的坏运气？最多只能祈祷痛的时间不要太长吗？没有这回事！这样的事实是没有去相信的必要的，他愤怒地想着。

当它四肢跨行得更靠近过来时，少年心中烧起了一股什么都不在乎了那样的刚毅血气。他使尽全力，大胆地一连踢了熊的头好几脚，熊缩了一下身子后，就再度昂然地站了起来，两掌高举在上空，不悦地挥摆着，没有发怒，只是反而惧怕地挨着他这一阵激动的殴揍。少年在此暴行中感到无比兴奋，接着又是持续有力的挥拳，打击着熊的胸膛，越打越陷入一种停不下来的畅快狂热，他感到这是在为保卫自己的生命所做的，感到自己无比强霸有力,他想下一拳就应该可以打死这头巨兽。不顾自己已经气喘吁吁、手脚疼痛。最后他硬是一拳将熊打得吐了一口血,并倒卧在地上,全身松软不动。

黑熊没有被打死,它的败伤停止了少年的激动与盛怒,它看着对方,样子很可怜。冷静下来一阵子后,少年竟深深地为自己刚才的行为感到内疚自责。他费了一会儿才把沾在地上和手上的血迹擦掉,他对熊说:

"对不起,我因为怕你伤害我,所以才先动手的,你若是不要进来,或是像这样躺着,不要站立起来吓人,事情就不会这样了。"说完后他愣了一下,马上就转身匆匆跑出了屋子,丢下一切不管。他只晓得再不跑出屋子就快要疯了,他没想到自己怎么会说那样的话,在那样的行为后。

看见街上的行人向他走过来,他便装出没事发生的镇定模样。低头看着路面向学校走去,同时心中无意间想起了以前祖父在野地教他辨识动物足迹和粪便的事。

"你看这掌的形状和深度,你绝对猜不到。这是一只熊,体重很重,说不一定当时是在跑,为什么呢?你想想看。"他自信地又说:

"我也不敢确定事实是如何,但是当你同时观察脚印、断裂的树枝、地形的脉络,并且吸一口气,你就会相信这里发生过一些事。"抬头看看四周,住家和店家的楼房,高大地踩在平坦的地面上,前一日堆于门前的几箱货物都处理掉了,一丛伸向招牌的枝叶被修剪掉了,甚至口腔内的牙齿也在一日三餐的冲击下，一粒粒如沙粒般被蛀掉了。这像是一位神通广大的仙子造成的，且是一时玩乐所造成的改变。校门外的排水沟封上盖子，一整列排过去。这时少年看见路口转角处出现了一团令他惊恐的黑影，是那只大熊跟了过来，怎么没人看见它吗？他立刻跑进校园内，找了一间隐秘的小厅堂躲起来，探头从窗口看看外面的动静。

其他人看他神色慌张觉得奇怪，他看别人毫无异状也觉得纳闷。心里想，为什么它会跟过来？虽然动物的嗅觉或视觉可能真的很灵敏，很会躲藏，但是他仍无法相信刚才看见的景象，这令他既困惑又气愤，于是他不愿再蹲躲这间教室，直接大步就走向中庭广场，这个许多人都看得见的开阔地。他皱紧眉头，用袖子擦掉眼角的汗水，站在空地中央不动，两眼锐利地扫视附近四周，一点也不管别人怎么瞧他。

过了一会儿，结果并没有再看见熊出现。

一整天的上课时间，他都没有专心一刻过。他望着窗外愁烦地沉思着，只有利用休息的时间，去操场上找那位曾请他喝酒的同乡的球队教练谈谈别的事。

"最近校方董事私下和我谈到球队出赛的计划，坦白说，他们的想法太天真了，以为出赛就能解决招收的问题。"虽然少年没有谈到心事，但是能够暂时不去想它，就已经够好了。在教练要回去宿舍前，他随口说着：

"我这两天不知为何，很紧张，而且头昏眼花的。大概是读太久书本了，真羡慕你能打球，你的身子比我好多了。"

"如果有什么困难，尽管找我，我相信你知道如何帮助自己。"教练的诚恳帮助使他的隐瞒稍有了松动，但是教练还是转身走了。宿舍澡堂旁的烟囱冒出了烧热水的薄烟，几只雀鸟冲出了烟雾，降落到球场的草丛里。他觉得教练似乎看得出来他有所隐瞒，而且那不是闲喝几杯酒就会说出口的。

就在同一个方向的左侧坡地上，这时少年看见了一个明亮的女人出现了，才刚认出她就是那位十分迷人的学生，少年便急着要离开球场，免得被看见自己落魄的模样。但是边走他还是不忘斜眼偷看。

她单独一个人沿着场地边线走过去，提着一个布袋子，表情轻松，好像随时都会无故地笑起来。她柔软的肢体就这样架立起来行走，简单得非让人赞佩起这一举一动的产生原本会是件多困难的学习。而且她居然没有在那种美好姿态下，缓缓步上晴空，向纯净的蓝色、白色和日光的金黄色飘移，而只是不可思议地让双脚踩在他也能去踩的湿土壤上，一步步行走，轻摆手上的书袋。然后在一棵浓密的大树下，她坐了下来。她坐在那里，一下就仿佛把身旁的景物，全变成了一个雕制典雅的珠宝盒，树荫绒绵绵地铺包底座，砖瓦细密地缝绣背衬，唯独她一人在肤色的光泽中闪闪发亮。

少年在看她时，觉得有一股蛮力入侵了身体里，像是要把此后的自己与之前所保有的许多感想强行分开，并且要他对此损失毫不惋惜。只有赶快离开此地才行,他只有这个念头,因此他必须使出同等的蛮力,以便将自己从目标中抽拔出来。

为了避开一阵刮起沙子的强风,他眯着眼睛把头偏向另一处,结果那头熊就意外地出现在那排树林附近,并朝向女人慢慢爬走过去,看起来总像是有可能会攻击她的样子。惊慌的少年站定在远处,心中明知应该跑过去阻止它,但是同时他又害怕见到可怕的一幕,害怕接近那与他无关的东西们并受其影响,为此认真似乎太可笑了,他不愿再被操纵,要发生什么坏事就去发生吧。可是当眼见更接近了时,少年却还是忍不住动身跑过去打算阻止它。黑熊见到少年仇怒的样子,伫足了一下,接着就转头溜走了,好像还记得这人对它那番残酷的毒打。

绕过了好几处无人的空地,少年疲累不堪,但始终保持了看得见对方的距离。最后是追回到了自己的屋子,他动作很快地翻进屋子,马上将熊锁在大门外头。不过从门缝看出去,它整夜都站在门外不走。后退了几步,他站在空地上注视着平裸的门板,完全回到了起初怀疑起这幕景象的那一刻。

一整天他都不曾开门出去,因为他明白如果打开,那痛苦的经历将会重复发生。隔着门两者无法沟通地僵持不动,但他也明白早晚都要开门的。于是他用力拍打了门板几下说:

"我不知道你到底要怎么样,也不知道你从哪里来的。这里不是你住的地方,再不快回去,不久就会有人捕捉你的。我不希望伤害你,但是你不可以一直在我身边,我很害怕,我也没有东西可以给你，走开听到没有！"发抖的手慢慢打开门把，黑熊依然在门口。他们沉默地相对了片刻，他眨眨蓄了泪水的眼睛，脑中根本凑不出一句可以给自己的命令。当巨大的熊的体形挤向门框过来时，他语气沉重说：

"求求你不要这样对待自己，除非你要的只是可悲的一死，你是要我以谋杀之举成为你的敌人、友人或仆人、主人？而此举又要我基于仇恨或同情而行呢？你若是再跟着我，我便永远不会成为你想跟着的人。走开、去！"他用手势比画，还是无法阻止它靠近。

"我可能相信你不会伤害我吗？现在我决定绝不会碰你一下，如果你要因此待我以利牙利爪，我就得逃出去，逃到你离开消失的那一刻为止。"才一说完，它就猛力跳扑了过来，少年奋力一闪，勉强从粗暴的手掌下躲开，跌跌撞撞地冲出屋子，头也不回地拼命跑远。

长长的大道小路，不断拉长他的行程，那许多任人往返的去处都在附近久候，慷慨地诱惑那有着体力在身上的人。他那奔跑时的双脚，简直就像是在对大地连续凶猛地捶打的两只手，空间似乎在利用这少年来内斗，距离、面积和长度，他就活在这条件中，并对此一无所知。

地面吸住了这个挣脱家，如同山林中猎人设下的陷阱夹咬住了一头禽兽。奔跑戏弄了他的毅力，享用了他。每当跑不动时，他屈弓身子，两手撑着膝盖喘气，回过头去看，每次都还是看见熊就跟在后面,一副什么都不怕、得寸进尺的模样。

傍晚在小镇郊外的山坡上,几户人家养的狗连声地吠叫了起来,后方一连几棵防风的山榄树也顿时不自在地摇曳起那如鱼鳞般的椭圆形叶子。光泽消失后,只剩下朦胧如烟的幢幢暗影,一种不为人知悉的感知力,正在各种族类的生物体内悄悄运作,不眠不休。

日落前,少年爬上了一棵高大的树,总算可以放松休息了,熊来到树下,仰头凝望,很快就躲到一旁的草丛睡觉了。少年吃着路旁果园偷采的果实,并俯瞰地面上的动静。

被困住是不好受,但这也是自愿如此,因为少年发誓不伤害它,也不希望它被人捕捉,所以只好不断朝它的领土撤退过去。上一次爬到树上不知道是多久以前的事了。树皮上到处爬行的瞎眼小昆虫一定很惊讶,这个不属于这里的外来者怎么赶不走,难道准备长久住下去。

悬在半空的那条腿同时感觉到了远离地面的优越与害怕。有时候这一身的健壮和放眼望去这无限大的野地,似乎是不断地教导他、指派他用这条与兽类同样神韵的腿,尽量飞快地去跑,只有这个工作。他挥拍身上爬上来的小昆虫;没有走避,只是不停挥拍。

大概是完全睡着了,他趁这时候缓缓从树上爬了下来,每一步都注意察看熊的反应。在最接近它的那时候,少年第一次平静地欣赏着它的身躯,试着看出它与众不同之处在哪。这生为是只熊的一条生命，完全密合地充塞在这起伏的毛皮中，睡去醒来，绝无可能弃离，一刻也不能。这样抽身走开，有点像是他这个扒手，要将自己从它的口袋中偷拿走，没有足以惊扰对象的大举动，只有近乎没有的摩擦与松动。才一得手，熊就没有原因地微微睁开睡眼，逼走了他，他从容地向不知往何处的崎岖路前行。路上，只有手上的棍杖伴随。记得教练在说话时常习惯性地斜着脑袋。记在他脑中的事，全部像去了子、腌了味的梅果干，味道还在，但口感和气氛上就是少了些撑起全貌的骨架。因此这时机无法让他想起那个形象上有着尖锐的穿透力的女人，她的美貌绝不容记录手法上的去子去皮，少年脑中没有一个若放她进来不会感到难堪的干净整洁的迎宾室。"走开，这里谁都不欢迎。"他对谁都要这么说。要是再过来，他就要像这样退步远去，去这群兽之国，这里有他灵魂的遗像，印在那终日潺潺流去的皱水上，模糊难以辨识，如同远在一至高处垂首鉴观。那卷入一团时时在变动的积云中的天光，启开了一道透气的宽缝，那外头等着的是一直都留在外头的清晨，照进来的柔光刺中了他的眼睛。

　　累倒在一片荒草中的少年，神智昏昧地坐起了身子，他环顾四周。那头熊没有再跟过来了。附近就只有他单独坐在这里，他放开嗓子仰天大叫着，像是个野蛮的人。

——二〇〇〇年十二月号《联合文学》

天花板的介入

来不及反应就整个人跌倒，手掌抵挡不住体重的压力，趴在地上，侧脸贴着草叶，痛麻的感觉消退得很慢，爬不起来，翻过身子喘气，面前是开阔的晴空。都是因为它太美好，才会害他兴奋得不顾一切地快跑，快得好像非得要让他跌这一跤，他才有可能被迫停下脚步，稍微休息一下。陈主民跌倒了！其他孩子远远地喊着这句话。

　　穿过薄薄的眼皮，他的视觉里占满了阳光和血液叠照而成的发亮的橙色，这摆脱不开的橙色广大无际，没有远近深浅，只有眩神的光点不停闪烁着。嘴唇发热、皮肤刺痒，完全与平展的地面接触，他沉到了天空的最底层处，落沉的终点。这不洁白的野地，吸附了一整个庞大的生物界，包括终须回巢的鸟类，无一例外。往返于顶底两端的气流横行于众口鼻的吐纳之间，单行方向的落沉，要他与所有东西齐聚此地，底层，装接了满满的重物。

　　来这个位置和从这角度去利用这一刻，全都不是他的主意，他的主意只是顺着沟渠的走势流贯，毫不费力，冲出教室跑跳，捉不到，追与逃，就只是这样而已。这不能违抗的自然之力要他听见自己的名字远远传来，并对化藏在上层的道理一无所知。上帝一向不言人语，他要信众们放弃听觉，及所有测量不到他的一切感官。牧师说完，孩子们心中便因为将要散会而快乐起来。

与肮脏一样能令孩子们兴奋的，是那席漫长的演说的结束，好像绑住手脚的绳子解开了，陈主民向门外泄流。

"他摔死了，所以眼睛是闭的。"声音轻弱。

"他的嘴刚才有偷笑了。"他们垂着头围成一圈，蚀遮了照在主民身上的光线。眯着眼缝看他们耸立的阴暗轮廓，和外缘一丝丝透亮的毛发，觉得好像掉入坑穴中。肮脏对他敞开怀抱，如果屋子内不准许掉落任何甚至像饼干屑那么碎小的东西，这么严格，那何必还留在那里。这里绝不管束任何行为，所以一旦进来，就自然要发挥出最不容许的狂想，大大地提醒自己身在何处。他们一下就渗入了这片后门外的树林中，成为一整片树林中的成分之一。掉到水沟里的橡皮球才买了几分钟，母亲便阻止孩子去捡，再去买一个新的，刚才的已经脏了，它瞬间像被玩过数年，一下就不是可以再像刚才一样触碰的新球了。

"他好像躺得很舒服的样子，我也要试试。"

"好，我们都躺下，我们都死了，三天后还要复活升天。"刘恩赐说。只有姐姐恩惠还站着，他抓了一把沙子撒在他们身上。死了不可以笑，恩赐忍不住笑得吃到沙粒。别管他们做什么，就让他们飘流远去。一定不会过来干涉的，休想命令他们要从那一地柔绿上起身退缩，把他们从另一个宠爱者的身旁抢夺过来。再新鲜有趣的玩具，也比不上那不理睬他们的，甚至是根本不知道谁来到身旁的非人的旺盛生长力，多变而只顾自己繁衍大事的生长力。恩赐吐了好几口口水，但是嘴里还是觉得有沙粒。

矮柜和花瓶，还有这些空桌子和椅子，统统都是依照采光的原则排置的，它们朝着这面看得见孩子玩耍的窗口，典雅地围观着这口日光，没有人看过椅背和柜子的背，永远只能清楚地看见正面，放置在上面的每样东西都可以随时一望就看见，不能隐藏拥有哪本书，哪组瓷杯瓷盘。陈老师依然在牧师的话语声的笼罩下，她听得懂每句话，那些话陈列得明明白白，不可能不懂。义工把一箱箱教具排进门，放在墙角烛台下。现在这些含义重大的话语，一句句地成了她心里所拥有的东西了，她心里有很多东西，牢牢记住才行，反复检览过很多次，有的话是李老板或别的和他一样有见解的人讲的，她有责任听取每句也许不怎么舒服的与孩子们有关的话。

她侧过头探了窗外的孩子一眼，仿佛一下就看见了全部那些如今已经成为她的重要东西的每句指示。就算过没多久他们全都乘车回到山下后，陈老师依然听得见话语声的笼罩。那是她正需要的保护和后盾；她的动力和计划。周围坚硬的厚墙撑起了她头上那片与地面平行对望的天花板，如果离开它，就是出去室外，去室外就是白天，就是白天才会觉得有些事在屋里做不了。那些事情有点无法撑起所有期待，要以哪边为主要？她希望把外面的经验，在傍晚时带进来处理一番，而不要只是把一整晚想出来或睡出来的成果，尽是随处泼倒，一条命要由两个相反的环境共同治理，这是她犹豫的原因，她没有做任何决定，就被定理每天带进带出。天花板盖出她的某种生活的范围，隔离开日光全面性的启发，这人工的理智的建筑物，独立于无人的山谷间，以沉思的静止姿态，隐藏于她的犹豫中。

清点种类和数量时，坐在一旁拨奏吉他琴的老爹，心里并未感佩义工们的热心，他晓得因为这件事做完就可以留下名字离开，他们以为对这整件工作事业有帮了忙，才几个小时就可以得到这里的人要花几个月才能得到的成就感，他们甚至拍了照片，并将在回去后把这里的见闻述说一番，最后顺道提到帮那一点忙不算什么。老爹弹不出一段曲调，只是拨着一串串上下来去的戏弄似的音阶。

陈老师亲手将物品归纳存放整齐。想想还缺什么吗？不能以住在市区里的标准，不然可能至少还要几十样东西，以后还可以慢慢再增设，这么热心开车来帮忙的义工，是不是很期待事后得到一番口头上的称赞？想想自己不是那么会应酬的领导者，就觉得麻烦和虚伪，原本还以为自己将来会慢慢学会让渴望被赞美的人感到心满意足，她做不到，这不是原本想要来这里的人所需要学会的。

连纱窗都修换好了，这太重要了，否则整晚被虫咬。这面薄薄的纱网在此真的比什么都珍贵，她开口致谢，提到被蚊虫叮的经验。老爹走到厨房去看小李准备了什么午餐，他认为蚊虫叮咬这种不值得一提的小事，怎么会是在其他真正重要的事未提前先说，随便就可以举出十件别人休想了解的事，他绝不透露这整件作品的任何细节。

不说就算了，猜想了老半天。他们心里都有许多人不断开口说着实际上人家并没说过的话，好像每句话都有两种意思，看是怎么听的，大家理念相同不是吗。牧师家的客厅快变成会议室了，关在里头等待结论产生。

带来了取自各别家中的东西，塞满父母们这身份所辟出的共用地，不能随意做出动作，否则会打翻别人的东西，好像怀有敌意或是幼稚如同小孩子的样子。由命令促成的领土，恭敬地听从使唤，他们要这条深色的厚地毯来到这里，干净地平铺足下，妻子视此为待客的基本准备，她为他们买下了许多一旦进来才会发现其确有必要的东西，不是她一个主人要的，而是他们要，要就是命令，整个让他们满足了的领土，都是一条条理由所命令出来的。密室里没有一丝能让气温漏入的缝隙，想要吸嗅外头的空气，就必须完全走出门外，仿佛快要道别。

一说出思想层面的讨论式用语，就会觉得超脱了这装在年岁条件中的现实自我，尤其当那些话又涵盖了整体现实时，便觉得那些话无比重要，光是听信还不足以显示其效力，他们必然深信自己拥有比落入生物界中更值得被诉说的遭遇，将思想奉为识别的凭证，大力表彰，直到它显而易见为止。翻阅手上这份装订成册的资料，从宗旨延伸到每个阶段的每个事项，整理成可行的蓝图，他们带来的东西统统用得到，像是要准备扑灭一场盘踞在交集处的大火，他们招认了一份责任，不停地试着借由赞同来消除过去对于自身得失的挂虑。恐惧在解说词中猛烈烧开。

难道非要把孩子藏在山上的学校，才能施行符合期待的教学？全部在掌握中才行，绝不容许丝毫偏差，现在外头根本太不像话了。他们足够长久的交情能这么做，谁都不想成为有意要妨碍计划的人，他们坚信彼此能成为他人眼中的模范。妻子希望马上拍一张照片，把他们全都收入一个方正的画面中，留住外貌上那种无法一眼看穿的美丽，她一直就想要得到比长相和一套套买不起的服装更强大的美丽，太好看的服装只会压垮她天生的瘦弱与苍白，刘太太不只一两次在店里对她的长腿大加夸赞，如果置之不理就可惜了，一被说服的话，不就显得太肤浅了，但对自己的欠缺有虚幻的信心，那不更可笑。太冷的天气会把人的手冻麻了，触感迟钝得摸不出布料的好坏。为什么有这么多的款式和花色？好像要和植物或昆虫图鉴中的种类比赛，越改良就越漂亮，创造力的成果一波波地自我推翻，在做决定前要把所有因素都思考过一次，替明天设想，合身地笼罩着她的表皮，先填进去再撑起来。原来这就是与我匹配，得到我的喜爱的东西，这浅褐色的丝织品，她心里说。方正的镜子框住了她与刘太太身后的一片片色块，一位顾客推门放进来了一阵凉风，她抵挡住主见的入侵。好吧，就是这一件。

坐回丈夫身边，她把相本交给陈老师。预定地上的一间旧校舍，杂草缠生吞包，义工们客气地拒绝休息。牧师小声地与他们提到经费支出的比例，他认为学校只是第一步，不须怀疑。早从认识他的那天起，诗人刘先生就知道他心里最终希望要搬迁到山上住。甚至他每一篇证道演说，都是基于此一理念，相信他不会天真到真的以为光靠几个人，就能独立求生，也许将来他真的要离开这一站。要清醒远望，不能随兴，他不坐亵慢人的座位。

总要有人坚持到近乎不讲理的疯狂程度，这信念才有用处。每个不安的举动，都像是在说明无法眼见的情势其实有多急迫，要从清醒的状态再清醒一次，瞪大的眼睛把看见的那处空地，再介绍他们重看一次，还没看出个究竟吗？过去站在上面，讲台前的花束对称无比，难道还不够清楚，为何他们总是只看见自己心里空无一物的景象？他的论说延伸到每时刻每地方，没有说尽的一天。坐在最靠角落的老爹阖上资料册，和陈老师她教科学的丈夫一起到走廊外抽烟，他们把她的注意力从相本上移到对谈话内容的猜测上。她有机会可以走，女士们知道她可以带着那个特殊的儿子离开这个被注意的地方，也让丈夫不必再困扰于想不出该对主民说什么话，他都快培养出演戏的耐性了。原本还以为差不多快露出真相了，他一想到艺术学院里有一群年轻艺术家挤在一起，就觉得儿子好像在里头怀恨他的演技。

哥哥主荣什么话都会对他说，除了有一次在公园里远远看见一对男女静静拥抱之外，看起来好像一个胖人有四只脚。主荣改成说别的，他们都喜欢讨论生态保育，这远比拥抱的话题更像个话题。但是主民却捂着耳朵丢下一桌晚餐，跑到阳台上张大口呼吸。听觉之门总是老实敞开，让咙洞里的怪声随便侵入，楼下一排砖头围墙也是要开放一个缺口出入，都从这一处经过，没有其他方法。推挤过来的一长串响亮的人语声，使母亲的手脚往房间一路摆动，像发条人偶一样生动而冷漠，不懂摆动手脚的模样有多可能像鬼一样吓人，人偶是他的同伴，就只会走路而已。

　　栏杆上的铁锈脆松，为了晴雨交替的犹豫而粉碎着，这拦住他使其不致跌落的，是这么一道勉强结合成直杆横杆状的铁砂，尽了全力结合成这快要不堪一击的依赖物。他不敢把身体的重量依靠上去，只有命令和恐惧可以保护他安然地存活下来。他们怎么样都不会错的，这整间装满他们的思想的屋子内所发生的任何事都不会错的，还有那被最顶层平面抵挡在外的渺茫蓝天，这一切他能去感知到的事物，都在促使他存活，存活出各种意料不到的姿态。

　　"陈主民跌倒了，我们也一样。"耀眼的日光就是不肯放过他，睫毛上的微小粉末，遮出一圈圈淡弱的纤透的白色影雾，随着眨眼而晃颤，成熟和衰老都是时间的功劳，蜜蜂的薄翼终日弹拍，他感到自己从未完全静止过，即使一动也不动地躺在这里。如此便不再是那个直立的尊者,有被枪弹破片波及的可能。刘恩赐站起来拍拍裤子上的灰尘,甩掉脚下这块向他的幻想频频示好的草地。要去哪?他们从幼年就一起长大,宛如兄弟一般亲热,游乐室里玩具保有鲜艳的色彩,把他们都留在那里好几个月(现在主民也坐起来),那个冷气房里有着不愿离开的舒适感,而那便是他们之前所离开的地方,墙上的音乐会海报使他明白(看不到了,记得吗)他是从那样一个好地方离开至此,天空把那么多的地方,全都给了那会飞翔的动物们,只给它们。离开这里又能到哪去,只能用眼睛看。

厨房占去了一小块活动空间,严格禁止进入,因为有沸烫的水和油汁,还有不止一把刀子和成堆的瓷制餐具。绕过侧门,只能闻闻热菜的香味,小李在窗前忙着准备分量不少的午餐,连后院的遮雨篷也是他一个人搭建的,他知道老爹绝不会先进来,而是要在水池旁等他先出去,站在几步之外献出那邀请式的说笑,然后才跟进去先试吃,老爹喜欢尝一道菜的第一口。短烟在吸时熏得眼睛眯起来,埋在烟幕后的那种轻松神情,好像完全出自于有意的操作,又好像一件不慎掉落出来的私人物品,身为最高领导者,拥有这无法由下属轻易搭勾的气质是很合理的。

他不会向小李讲任何他认为对方不需要知道的事,三个月以来都是如此,久了就不介意,还要相处很多日子。把一篮蔬菜的皮和硬梗倒进一个土穴洞,埋下让它自然腐化;另一个洞则是埋下不会腐化的垃圾；更深的洞，有太多这类不好处理的东西是他们在即使最底线的情况下依然需要的。陈老师挂心于需不需要的困难抉择，要避免浪费但却不能排斥全部，看看筒子里都装了些什么，她有些私人物品是不能让小李去处理的，纸张可以烧掉，黄昏时的蚊群总是既想叮咬她，但又要避开连叶与草一同烧出的浓浓白烟。摸着外墙靠过去，接近厨房的斜影，火堆里还有什么？恩赐只想去弄清楚，他所不能去的地方是什么样子。危险是疼痛，疼痛是哭泣以及无数次从男性身份离席的羞耻，他必须把这份羞耻藏在危险的地方，等待时间慢慢告诉他，什么是会腐坏、会烧成烟团飘淡，什么则不会。他离开那片躺过的草地，在坑洞口外打转。

　　大家全都是使我得以施展博爱情操的工具，一定曾经这样想过，否则不就太清高了，难道不能愿意先假后真吗？总比连装都不肯装的人更有作为吧。别在意人家的看法，每个孩子当然都要公平对待，当然当然，以为是自作聪明吗，要依照不同个性来调整对待的方法，出发点当然是公平的，偏袒也是免不了的天性，否则就太清高了。她用外语私下与儿子主民和主荣交谈，本来就是应该制造一个外文的环境，先从单字开始，然后发展成句子，将来才可以完全用外文的思考模式与同等级的人沟通，现在就要开始，快来不及了。能为自己不会母语或回不了故乡而感伤，是很美的一种情怀，如此才能得到同情，一定曾经这样想过，否则不就太清高了。

吴老板的妻子过去对陈老师一向亲切，但是当两个儿子交给人家时，她便开始对老师的人格起了全面性的质疑。都怪丈夫只能从这群朋友口中得到自信，他们就会专门利用人家脆弱的时候诱拐人家，大搞控制和干涉。她说的所有话，都在试着间接遥指这句恶言。吴老板可能也早料到，多给妻子一些钱花，会有助于自己的信仰自由的实践空间。坐在对面一整个晚餐的刘先生，宁可多读手上的资料夹一遍，也不愿正视她一眼。她知道大家都认为她不肯让孩子加入，但她似乎有意这次要令大家猜错，她就是敢让等着看好戏的人全扑个空。

　　车子在前往牧师家的途中，把他们两人以舒适的冷气调节闷在无话可谈的静默里。最后才到的是疗养院院长詹宁斯先生，他不是有个很可爱的孙女？请继续，理察接下一杯热水坐在屋里最大最柔软的单人扶手椅上。桌上的那盒日本式的糯米类甜点吸引了他的注意，这是这里的糕饼店做的，模仿日本风格的甜点，包括外盒的包装，真有趣，他去过多少地方？不好意思问人家太多。吴老板捐过的钱远超过自己当年受助的数字，没有去计算，熟了之后就是无法客观怀疑，知道他就是那个样子，要尊重差异性，妻子伸手再去拿了第二个相同口味的甜食。记得医院里有一位老太太，半夜突然向护士吵着要熟苦瓜里的红子，理察派遣人家弄了一碗来，结果她吃完就去世了，最后说的一句话是：苦瓜这么苦，但是瓜子却是甜的，真奇怪。

　　真奇怪，他们感到总是被许多的小故事及话语所围绕，就算一个人的时候,也会主动抓一本书起来阅读,好像一旦失去了这团包围,就会感到自己裸露地置身于荒野中。一本回忆录、一本诗集,真实而大胆地叙述他的看法和遭遇,连晚上独自祷告的词语内容也不放过,故意地,看准了听的人会作何感想。为什么要故意这样说,很难向提出这种问题的人回答这种问题。车灯照亮迎面而来的景象,哭闹中的孩子是完全听不进任何说劝的。行李中装了许多东西,所有东西都装在里面了,不要过度理会,有好几套衣服和裤子,旁边是日记本、便鞋和毛巾,刚刚好。

星期六就要回家,要上小提琴课。

星期日就要回学校,要学习独立自主。

在车上睡着,黄昏的天色映在脸孔上。

摇晃的身子,他们已经多次往返于路上。

"我们住在地图里。""根本浪费时间。""不要在孩子面前说这种话。""不记得了,但是有个印象。""反正你都是对的。""我昨天做了一个奇怪的梦。""哪个地方不是教室?""完全不需要零食和电视。""就是会吵闹,什么都还不懂。""你就只是要我好看而已,对不对?""人家现在有一种最新的,我不会讲。""一大堆物质的消费性模式,都是缺乏一种全面性的认知。""我的袜子不知道跑到哪去了,还有皮带。""吃午餐了,别管其他事了。""你们看天空,好漂亮的颜色。""我一点也听不懂你想表达什么,我没有装傻。"

以旧有的经验作为一切的基础，他抬头看见一张成人脸孔，那是一个起始处，或者说是他拓展视野的中心点。那张脸孔反应着各种处理过的讯息，有时候愉悦，有时完全相反，有的轻微，有的剧烈，看不出那张脸上表情所代表的意思。究竟是看见了什么，才会使那种表情出现？

没有上下课的区分，学习是没有停止的，老爹说。各门学问都是紧密不分的，不能独立出来教。他强调，难道生物学不包括计算、叙述或审美吗？只能启发思考，思考力就是他们的导师。老爹进去卧铺，拉上帘幕，刚才吃得十分饱胀，深深叹一口气，准备开始维持两天的禁食祷告。他的欲望把他带到了这么一个窄小的空间里，并促使他如此专注于反省与沉思，只有严重的意外才能打断他。

增强的、有期限的饥饿感，令他产生快感，他体会到自己的实力，并迫切等待着回应的充灌。

他们全部七个孩子，都带着笔记本跟在陈老师后头走。空地前方有一条小石阶路，陡弯地通往一处长满长长芒草的山泉，石缝不停细缓地冒出冰凉的水。石壁后方则是有一块高隆的台地，上头长着密实的草皮，花丛引来了几只蝴蝶。有一侧还可以透过树的枝叶，隐约看到他们的屋子。这附近的湿地上偶有蛇类出没，所以她不常带孩子来这里。在阴影底下，他们坐在预先放置的砖座上，彼此靠近。

陈主民无时无刻不在找机会接近她，但又怕太靠近会使他的观察被她发现，不知道该坐哪里。阳光把草叶的翠绿色照得油亮欲滴。

特殊而美好的外表，使得卡伦·詹宁斯一直都受到注意，再怎么熟悉习惯，也只是习惯于持续注意。主民不了解，为什么相较之下，其他与自己同种类的人，看起来是这么难看？铅笔在纸页上画下一株槿木的外形，叶子的脉络对称，分枝的平衡感，他不停地擦掉再画，几乎每一笔、每条弧线都不满意。偏过头去一探，捏在小手中的短笔，远远地微微摆晃，笔尖与纸面磨出一条条长曲的细线，像一种牵钓的控制，他无法从那样美丽的形影中，使出任何力气将自己抽拔出去。他的笔尖用钝了。

她和较大几岁的刘恩惠是这里仅有的两名女孩，总是走在一起，每个男孩都喜欢和她玩，甚至捉弄她，唯独主民不敢自在地与她相处，为摆脱烦恼，他必须更加投入于对所学习的事物的摸索。但是想到自己的每个摸索的行动，都只是为了推开她那双微阖的迷人大眼，便更感到焦躁不安。不能告诉任何人，尤其是对他了如指掌的母亲。

一字字地把说明记在绘出的图旁：落叶乔木，秋初开紫红色的花。小黑板上的白粉一擦就变成一团模糊，记起来了没，他必须趁早明白，许多有关植物的生长原理，这不单是常识，更是要让他习惯如何专心于观察的方法，这方法将广及一切他的生活范围，如同训练打棒球并不是教他成为运动员。陈老师无法想象必须彻底离开食物才能活下去的那种人是如何冀望自己的看法能让别人有同感。儿子应该不会认为老爹真的可以决定大家要用什么方法来猎取这四处漫生的无限学问吧？他到底该怎么看待眼前那蜷缩的乌毛蕨嫩芽，还有一粒粒叶面下成熟的红色孢子。

　　成熟便是这场生长赛的唯一下场。手指弹出一粒小石子，偷射中卡伦的颈子，吴恩典装作不是他弹射的，他推了身旁弟弟一把，想嫁祸给他。这个阶段要赶快跨越过去，全为了到达高峰而做准备，好好把握这空腹的时刻，就快要过去了，他在脑子里攻击吴恩典的笑容，并且使力推斥这笨重而黏滑的笑容。越难受就越光荣，为了对此认不认同而难受地深思，他扯下一把手边的细茎，断裂时还被自己的拳角打中了肋间，施力，手的样子多么适合于抓扯，他整个人长成这样，多么像是善于抓扯一个对象的样子。手臂可以张开来揽抱；为着完全相反的动机。卡伦戏闹似的踢打他们，那是他们享用友谊的方式。

　　恩典把拿在手中的那根分叉的干树枝当作手枪，神气地瞄准大家的头，闭上左眼假装射击。不准玩玩具枪，不买也没关系。每次周末看完电影，还没走出戏院就吵着要买，用任何长条形的东西都可以充当幻想的枪。吴老板在洗车的时候心想，也许买给他，说不定玩几次就厌腻了，省得天天朝思暮想，暴力是很自然的天性，何必大惊小怪，只是一个阶段。妻子也有十分正当的理由反对，她把洗得不干净的衣服丢掉，绝对要消除儿子的冲动。

他没有玩具枪,总得想办法神气地攻击那群完好无趣的头颅,至少还有小刀,或者扔石块,耍长棍也行,有太多种武器可以拿来发挥潜力了。没了吗?恩典与弟弟恩慈的决斗还没结束,最后还有拳头和腿脚。他要赢过对方,把对方打败,这是唯一快乐的来源。

懦弱的陈主民不容许自己对武器存有丝毫欲望,没有给自己机会去想,规定使他若不信服就得要摇身变成一个大胆的反抗者,把原本太平无事的世界,顿时搞得警报声响个不停。他坚守自己这可笑的优雅,和善地把疑虑静静闷在一层花色布套里。软垫舒适地将坐姿维护得既美观又长久,一整个下午的阅读与静思,可以使人航向星际,超脱这近乎一无可取的美好的坑底,没有一种沉思让人滞留原地,全都是些觉得非闯入漆黑的太空不可的人,难道要拒绝天资的持有?手上的假枪令他无比兴奋,因为它不是真的,因为这是游戏,可以任意假装死亡或杀人,他们全心全意地把此游戏玩出趣味感,仿佛彼此真的是一对仇敌。苦心经营的含蓄全被为了阻止那场打斗的义行所毁,老师知道自己的身份在这时应该表态,看似不要紧,但她晓得往往假的玩久了就会变成真的了,预知的后果总是最有力的命令理由,不然她就不用站在这里看牧了。发挥最基本的作用,把高昂的斗志留到别的地方,许多别的地方抢着要他凶猛而英勇的天赋,所有人都深藏不露,所有情感都该是含蓄的。

陈主民读着簿子上刚才抄上去的一项算式与叙述，它十分清晰而纯粹，它把所有个别的私人感想全部省略，它只是在展现一项如日升日落般恒定的事理逻辑，没有别的意思。他要从这样醒朗的角度去看待外界。他想在恼怒与讪笑之间做个抉择。如果手指向哪里，店员就会将玻璃橱柜里的那只小汽车取出来，再想一下，都很好看，店员在等待一个指示，连点一样菜也要考虑清楚，因为后果决定接下来十分钟，他们将有何感想，十分钟之后，甚至那一整个周末夜晚，都指望着这一刻。接下来电视上会照例准时播出一部电影，再不快来就要错过前面了，一下就忘掉了之前耿耿于怀的事，影片中的演员开始起冲突，注意看这段打斗，因为这整部片子的重点就是在让观众看这个。

没有更好的方法来度过周末了，如果不这么做，那以后回想起来会非常不满意，幸好他得到了一只尺寸缩得很小的汽车，吃了三样煮起来颇需要一番手艺的热食。短短的一条宽桥上，许多路人也一同走在上面，要去夜晚的市集闲逛，两旁高挺的一根根路灯，对着爬升的圆月举杯，店家里的灯光在玻璃窗内燃着人们的醉心。不漂亮的普通衣着，在人潮的交错下构成了一幅笔触碎轻的暗色调图画，女人脸孔上暗下来的肤色，藏住了年纪，一声清亮的叫卖声穿射而来。

谈话停止，为了电影中这场一不注意就会错过宝贵镜头的戏。总算可以不再听叔父一家人恩将仇报那些烦厌的事，光凭这一点就值得对电视节目感谢万千了。电影播完后会播歌唱节目吗？无忧无虑的音乐令人期待，他牢牢地吸附在那一个个容貌美好的人影上，他想一整晚将脸颊贴埋在那样的感触中，那有着一头浅淡发色的异族女人，辟建出一个他个人的尘寰，里面充满了生动的舞姿和歌声，音乐与假戏在充满象征性的高台上缠合，她们身体的动态被强劲的节奏弄得很好看，忽明忽暗的笑容不停闪耀，陪伴到快要睡着为止。

"别人又不知道事实过程，实在是欺人太甚。我再也不会理那群亲戚的。"父亲绝不会说出详情，反正那些恼人的故事一定包括了所有猜想得到的恶行恶状。不值得去提，最好统统丢掉。宁愿去相信朋友和同事，强大地相信，同一种人才会在一起，他们会慢慢找出更多能在一起的理由，要是连这样都做不到就太糟了，也因此他必然支持他们提出的所有构想。

妻子认为他失去了判断力，朋友也是有个限度的来往，不一定要急着制造友好的气氛，她当然并不反对，她比谁都有资格提出批评，这不是她接受老师一职的目的，也绝对不是为了促使别人得意忘形才故意揄扬人家的。

弯下腰拔除沾附在裤管口的花草的刺籽，它们细如短针，有的则是一粒粒毡丸，无法轻易拍掉。植物只把她当成是传播种子的走兽来利用，不知不觉地执行了另一件工作，只是顺便搭乘，连这样也不可以的话，那就干脆别闯进这个地盘，为何一点衣服上的污痕都不容许存留，好像她会被这么一点不起眼的感受所消灭殆尽。谁在窃笑吗？刺籽掉落地面，她一丢弃，那它们达到了目的。

七嘴八舌等于没说，听了也没用，不是她不肯听。每个孩子堵在她面前抢着说发现了什么，还不想回去屋里，集体行动。她帮卡伦把发圈绑好，一旁的刘恩惠也伸手抚玩她的长头发，她们小声地交谈，其他五个男孩已经先往前头走了，路上一看到石块就捡起来扔。击穿树丛叶子的声音，像是受到惊吓急忙逃窜的松鼠或鸟类。

他跟着他们，因为他是不可以接近女性；否则会被嘲笑的男性。主民掷出的石子，没有击中任何目标，只是空飞出一道弧线，然后就落入草丛里。在那无法走到的陡坡下面，草丛里一定躲着许多昆虫，但不知道究竟有哪些，昆虫之所以长得那么恶心，就是不让人们喜欢接近它们。蜗牛紧急收缩的触角，一下也不肯被稍微触碰。丑陋是不会那么容易被看见的，为了发现就必须要劳累地翻箱倒柜寻找，好似遗失了一件极不愿遗失的东西。

那躲藏的一方若被发现，神情也必定是异常的慌张，根本不准确。两个隔着门板与走廊的房间，性别将这世界分成两半，这表示了心智的完全不可信赖，上锁，避免落入不安的心境，一旦如何就一定会如何，那是一定的。他臣服于荣誉感的高压统治之下，这样才会受到喜爱。

真是个好孩子，能够从赞美中得到满足，但是又似乎正在扬弃这种满足感，抛掷出去的东西就是武器，幸好没有人会记得幼年时与母亲的各种接触，否则人将活在多大的羞耻感中。

男孩们的讲话声有力地向四周拜访，门与锁的警示，没有任何东西将他们与头上无限的天空隔离，挥手赶开突然飞近面前的一只小蛾，渐渐增加的饥饿感，尽可能地拖延，至少是一个心意。

住在附近的老先生骑着一辆很旧的机车过来，篮子里送来的是他自己种的几把叶菜，卖得很便宜。小李请他到后院喝一小杯烈酒。老农并不清楚这些人在想什么，只觉得他们让这个地方显得特别值得观赏的样子。他走到一棵长得不好的藤黄树前，歪着脑袋蹲下来说：

"这只有直根，不会长侧根，你在移植树苗的时候一定要带土球，不然这样子活不好。长得太密的枝就稍微修剪一下老叶。这种树本来就长得慢，不要放这么多肥料。"孩子们一回来，他就戴上布帽要走了。小李提了半桶水去浇土，看那棵树好像是耍脾气才长这样。

老旧的机车很难发动，拼命连踩了几下，好不容易发动，猛力扭开油门，引擎声霹雳地响，并且排放出浓浓白烟，好像根本是辆废车，但他的神情从容，一点也不担心，继续发动。连老爹也皱着苦眉出来看，小李想帮忙，但他摇头说不必。接着便牵车冲了一段路，同时急催油门，才终于骑乘出发。留下一团散不尽的浓烟笼罩着他们，刘恩赐站在白烟里大喊"我是神仙"。

难闻的烟昧，是市区里基础的气息，从街上扩延到这郊外，好像专门在找人来闻，哪里有人就闻得到这种属于人的味道，除非要把房间关得密不透气。

那个外人看了他们一眼就避开视线到机车身上，那一眼对他们并非毫无意义。以前几乎从来没有人进到他们的领地中，再不认识也至少还是别的教会的义工，他们也没有保持联络的非同类的亲友，他们是有进入过别人的领地，但相反的却几乎没有。连购物也选择同类人优先。他们的隐居规模，似乎已经大到永远不必和外人接触。将来他们要搬迁到这蒙福的山头来居住，完全靠自己。

他们都看同一个医师，听同样的话。如果没有认识的人在卖乐器，他们便不需要买乐器；如果有认识的人在卖，那就算没想过要买，也可以开始考虑。主荣和恩慈按照规定这时进入卧室练习拉小提琴，他们的练习进度完全一样，持起长弓合奏着同一段音阶谱。

现在白烟才散掉。那辆车可能有十几年了，父亲也有一辆一样的。父亲小时候还没见过自动车，到了学做生意时才买第一辆，他也觉得白烟既难闻又有害，世上从此多了这群气体访客。但是孩子们现在却从出生开始就在闻这一直会有的白烟，他们不晓得没有白烟的世界是什么样子的。陈老师将脏衣服全放到洗衣机去，提琴声脆弱地在驻地回响着，傍晚的树林被凉风吹出一阵阵伴奏的沙沙声，他们置身在这种奇异的音乐中，向敏锐的听觉索取那一点不起眼的感触。她相信孩子会一样喜欢这里。

恩典发现有一只肥大的螽斯跳到草丛前的大石头上，扔了一块石头却没打中，其他人笑他，他羞愤难消地看着虫子跳回草丛。于是提议将那块地上的大石头击碎，看谁的力气最大。没一下子就玩得满身大汗，他们到处找石头来攻击标靶，大石头依然完好。卡伦在树下找到一块埋了半截在土中的长砖，拉不出来，于是叫主民过来帮忙挖松土壤。他们蹲在一起拿树枝刺着硬土，主民不敢抬头，只是偷瞄了她的脚和摆动的手一眼，泥土的气味与深颜色，此刻令他感到陌生和迷人，有一种混合了惧怕与兴奋的感觉钉住了他，将他钉在这地点，这是个蕴育生态的共同出处，他的一切学问都将从此而来，它如可食用般地洁净，它是允诺人能在上头移行与跌停的平台。他看着自己沾了土的手指将砖块挖出；怕显得帮不上忙，又怕一下就挖出来了。这个矛盾瞬间便将刚才的欣喜完全没收掉，主民知道那不是他的东西，永远不是。树枝插在土中，固实的土如此不起眼地盖压在一层上，那是时间的厚度。取走砖块，卡伦的裙边微微地划过他的手臂，轻快如风。

这一切究竟会有多少事情记在陈老师的日志里呢？以后它还要送交到大家手上阅读，不但必须诚实，还要不遗漏任何事。每天夜晚她便坐在那里写字，回想一整天经过，包括玩耍以及清闲的那些时刻。她感到一天比一天更难下笔，好像无法向人诉说事实是如何，没把握相信自己的观察完全对。她闭上酸涩的眼睛，出神地回忆每个细节，她对自己说话，让话语不断暴露背后的意义，直到赤裸无遮为止。于是她开始专心动笔。

孩子们上床睡觉后，整个屋子便顿时还原了它真正的面貌，它看起来一点不像欠缺任何东西，若是一个人影凭空添加进去，反而才是伤害了它本身的平衡与和谐。夜晚蓄容了满天的黑暗，僵硬的树枝弯曲交叠，老爹的两手合握，手指互相勾叉住，手心流汗。

想让时间过快一点的冲动，几次差一点破坏了他的历程，类似运动员的坚毅使他把镇静维持得十分惊险，已经无法再去思考，只剩对誓约的执行，这仍在意料之中，越烦恼就越满意于自己的承受力。他习惯有时故意憋住尿意，等到忍不住时，再去盛大地解放。这是强过一般人的训练，像是出自于另一个心怀好意者的要求，他服从这不合情理的要求，毫不考虑便抢着站到大家的前头，热心舍己，绝对配受最佳的礼遇，相信他必定以此为荣，有更好的办法能与人共事吗？陈老师不得不同样亲切地回报，否则不就太没有气度了。

总算能摆脱一下，甚至是搁置手表，及熟透了的母语。在那没别人监督的脑子里，他彻底是个统帅，爱怎样就照办，想要试试卑下，然后再跃成至尊都可以，每个词句都在这里陪他独处。他就是自己的中心，毫无疑问。

全身松弛下来，没有力气足以保持之前巍然的坐姿。虽然好像就要饿昏了，但饥饿又使他难以入眠，顶多只能翻身浅睡，眼睛痴望布帘上的织纹。他等着看这样子接下来自己会不会怎么样，说不一定会有个声音对他说话，就算上当白费也不会生气，他严禁自己动怒。剩下恍惚的意识，毫不通顺的词句片段，零乱而短促地隐现交替。歌唱者的口张开，却没有歌声，到底是唱得如何？全都靠想象，他要把它幻想成完美无瑕，太美好了，他要伸手去抓握，这是他应得的赏赠，因为他渴求至极。

确定无误后才誊入日志，老师的草稿涂改多次。那是本她留下来的记录，它将比她本人得到更多的阅读，必须要好到能代表她本人为止，要好到令大家愿意继续如此相信她。深夜推翻了他们的组织力，所有见解都不会成立。这时姐姐刘恩惠醒过来要去厕所，怕会吵到别人，她赤脚慢慢走出房间，走廊的对面传出弱小的声音，是哭声没错，在布帘后方，但那种哭声好像带着喜笑的味道。她不敢太过接近，脚掌把凉凉的地板踩暖了，倾弯身子看。老爹模糊地自诉泣语，喘叹着长气，小台灯隐约照出卧姿，这个不寻常的声音使她好奇而惧怕，深怕一退后就发出声音。一口气跑进后方的厕所，上完出来时已是一片安静，她紧张地回到床上，把冰冷的脚收进棉被里。

陈老师从恩惠开门时就跟着醒过来，她装作熟睡地等她回房，她也听到老爹的声音，只是不知道怎出去这么久才回来。她装作熟睡，以保障自己不知情的优势，也许根本就没事，她并非能完全做到无所不知。但若孩子回去向父母说，她还是要承担师长的责任，也许明天可以和恩惠谈出一些迹象，难道自己非得挂虑最坏的假设才能安心？其他人有看到什么吗？男孩在那边是否也在等着老师去询问心中的秘密，这样不是把问题严重化了，不必太在意小误会，过一阵子就忘了，以后多注意一点就是了。只要是出了什么事，一定会打击到信心，不容许瓦解，他们可以在会议上坦然迎接疑虑的到来，轮流发言。

"我们要教他们做人的道理和人生智慧。"

"干脆说缺什么补什么，和送货一样，你那么天真吗？反正你的意思就是说，好的全要，坏的全不要，一句话不就解决了。"老爹把玩笑说得十分痛快，原则、前提这些全是说出来安心的，他拒绝安心熟睡。

总不能真的束手不管，孩子在扔石头时玩得又野又疯，她放下脏衣服过去阻止，万一打伤了怎么办，也该叫回来洗手准备吃晚餐。卡伦正要丢砖块，它重得像铅球，奋力一推也只是近近地坠落于前方。这些孩子还想假装要把人合力抬去丢掉似的，将陈主民在老师面前抬拉离地，他全身放松任他们把他抬进屋子，好像很舒服，只是在玩。主民看着屋子的巨大形影朝他笼罩过来，宛如盖棺，但是身旁每个人却都在笑着。

——二〇〇一年六月号《联合文学》
入选九歌版《九十年小说选》

神界传奇

第 1 章

　　报晓仙子是神界里每天最早醒来的人,她一吹响晨号,才能使所有神仙及侍从们开始准备那些不容延误的工作。她对这个职责十分尽力,从来不曾出过差错。

　　可是她并没有早上自行醒来的能力,而是有一只昼伏夜出的飞鹰会在清晨来到她床前叫醒她。两方在合作中有了良好的默契与情谊,即使彼此活动的时间正好相反。

　　有一天,山神在一棵果树上采到了味道甜美无比的果实,他将果子也分给仙子们,仙子们莫不欣喜答谢。分到最后,手上还剩两个,于是他想起也该慰问一下报晓仙子。

　　接过来两颗色泽艳美的果实,她迫不及待地吃下了一颗,觉得实在是太美味了。回味再三后,她竟然打起了另一颗本来是要留给飞鹰吃的果实的主意。

　　等到从山神的问候中得知有果实吃这回事,已经是几天之后,飞去质问时,没想到鹰得到的理由居然是——放在地上被大熊给偷吃了。她解释得吞吞吐吐。

对这番谎言信以为真之后，鹰将此遗憾伤心地向狩猎仙子说，他们一起幻想那果实究竟味道是怎么样的。不料狩猎仙子说，他已经很久没见过熊了。

于是鹰开始怀疑起报晓仙子，她还说果实的味道很平凡。一定是她偷吃了，越想是越气，它飞向仙子的床边，打算把她叫醒来问个清楚。就在这时候，看着这熟睡的模样，它决定给仙子个教训，结果没叫她醒就调头飞走。

这下子糟了，随着早晨一刻刻到来，睡迟了的神仙精灵们逐一慢慢睡醒。他们发现今天居然没有仙子报晓，到底怎么回事？附近的仆役和差使是被议论和骚动声扰醒的。这使得许多每日必须按时出巡解决的工作全搁置了。

最早察觉到这个异常处的，是一位因过度思忆家园，以致整夜没睡的罪犯。水妖见此机会大好，便趁无人巡守工事区的这时候，偷偷潜逃出去。他望望前方的神宫没有动静，于是还渗流进门缝，盗取了雷神的宝剑。

在钻出去时，不料宝剑卡在门缝，抽送不得，于是他先化为人形，硬是把整支剑给吞塞进了喉咙里，然后再现回原形，流出门缝外逃逸无踪。这险他非冒不可，因为他知道只要雷神有这武器，他绝对无法一路顺利返回妖湖。

天神责罚报晓仙子的过失，命令她递补逃犯水妖的工作，继续修筑神宫巨墙，直到筑成为止。她一边工作一边反省，她对自己贪吃误事十分内疚，一点都不怪罪于鹰的无知与恶意。

日暮收工后，她回去就寝，可是由于自责未消，躺了很久都睡不着，结果决定再去工事区效劳。

半夜里没有别人与她在那里，她奋力不休地搬砖石筑墙，直到体力完全耗尽为止。那时眼看天就要亮了，只听见远远传来晨号声，她觉得自己完全被替代了。打了个呵欠，她说："我累坏了，我得好好睡个觉才行。"说完便丢下工具，马上闭上眼睛，趴卧在地上呼呼大睡了。

这一躺，不得了了，其他工匠们纷纷围过来，他们发现无论怎么叫都叫不醒她，连摇推拍打也没用，顶多只是翻个身、伸伸腿，还是照睡。"别装了！"一人甩了个耳光给她，别人赶紧阻止。"别动手，免得打出事来。"将她合力抬到屋里，他们从快完成的墙看出仙子是该被同情。

另一方面，失去了宝剑的雷神则是着急万分。他终日四处探寻水妖的踪影，但却又不敢让别人知道他丢了剑这等难堪的事。况且少了把护身武器，他哪敢往险境去。

第2章

起初水妖是因为人间久旱，不忍眼见水族众生渐渐枯死，故来到神界打算请云神施恩降雨，可惜他等不到远游他方的云神归来。当时为了登高眺望，水妖误上了灯楼，不慎身上的水液滴熄了灯台上的灯火，闯了祸。

当时凭着微弱的月光照引，他拼命想逃至别处躲藏，结果却偏偏遇上凶悍的守将雷神，他骑着天马追过去，只见他在水妖后头尚距几箭步时，便抽出佩在腰际的闪光宝剑，剑锋一出厚鞘，立即射出一道劈天贯地的闪光，将水妖一举击烧拘捕。

匆匆在山林间骑行，如今雷神一点也不知道水妖到底会逃回哪个地方，或者暂时躲在哪。他从不相信妖魔的话，他不相信什么妖湖、妖海的，否则他早就去旱干那些贼窝。探听了半天，始终听不到令他满意的线索，好像所有人不是所知有误，就是串联一气要瞒骗他。

得知报晓仙子久眠不起而被戏称为睡仙后，山神带着一些草药来到她床前，打算尽力救治。山神先是灌了她一口草汁，然再用树油涂抹脑门及咽喉，此外再燃烧干花果造烟气。片刻过后，居然真的有起色，她开口说起梦话，接着甚至坐起身子，下床梦游了起来。没走几步便踢倒了篮子，自己也跌倒在地，口中胡言乱语，手脚乱摆。这情况把包括山神在内所有人吓呆了。这个毛病如果只能治得好一半，那不如不医治的原先样子还好一些。

看着大家怀疑的眼光，山神感到有失颜面，于是不经思索便脱口说："她的病情属特例，还必须加上另一种药才能完全治愈，一种罕见的草药，恐怕几天内找不到。"这一说完才消除大家的怀疑，反倒是自己对这席谎言有些不安，特别有人当真相信时。

另一方面，怕引人侧目告密的水妖，决定把夹带在身上的闪光宝剑，找一个安全的地方埋藏起来。他小心避开较多来往者的路线，逃到空旷无人的山谷去，心想此地应该适合藏剑。可是翻过一座石岗时，他发现有一群怯懦的矮精灵就躲在这里，他们正在躲避可怕的岩兽石虎。话才一说完，石虎便跃至洞穴口，原来它一路都在尾随水妖。在没退路的情况下，矮精灵们害怕地希望这位带剑的壮士能救救命。他随着石虎缓缓地逼近后退着，右手握着剑柄，努力想冷静下来。结果后头又来了另外两只。

一抽出剑指向它们，剑锋立刻射出一道闪光，将岩兽瞬间轰出洞口，飞到半空中，再坠至山谷下。威力连他自己都吓得两手僵硬，无法马上将手掌从剑柄上拔离。

获救的精灵们从恐惧中解脱，高兴得欢呼起来，除了大谢恩人数回外，并奉他为大英雄，准备招待他一番。但是他没想到，刚才射出的那道闪光，正好被雷神远远看见，败露了自己的位置。雷神毫不延误便朝向目标前去。

"雷神千万不要去山头，有危险！"报晓仙子这句梦话把照顾她的百花仙子吓了一跳，睡梦中究竟有什么景象，使她闭着眼睛、皱紧眉头、发缘冒汗，且梦话不止？此时从前的伙伴飞鹰停在窗外，看自己把人家害成这般疯言不止的样子，实在深感亏欠。为了赎罪，飞鹰决定独自去远方极北的冰国，寻找那山神口中的仙药，以治醒这被困在噩梦中的善良的仙子。

第9章

不顾洞穴里的宴席进行到哪，雷神即闯入打断了矮精灵们饮食的气氛。他两拳紧握，两眼扫视，语气严厉地说："盗剑的狂徒在哪？"他知道这群东西见过水妖使剑，于是便不再欺瞒失剑的事实。"逃犯水妖出来！"没有回应和人影，精灵说没见过水妖，辩称闪光是山谷里有人使仙术造成的，也没见过什么剑。这回答激怒了雷神。"胡说一通，看我教训你们。"当他正要出手时，那位从来不亲自露面的虎首人身的石虎大王居然出现了。

精灵们从没想到有一天敌人会变成救星。

一支弓箭射过来，穿过雷神耳边，咻一声深深插进石壁，碎石与灰炸得四散。两方互相目斗，距离仅有几步，雷神手搭在腰际，才想起剑不在身上。

"你有什么最后的话要说。"石虎大王拉开第二支箭瞄准他心口。"我与你这只混血杂种有何冤仇？""这句话应该我说才对，你击杀我的三个手下，这又是什么冤仇？"弓弦拉得更紧了。

"你根据什么认定是我做的？"

"除了你的闪光宝剑，这神界还有什么武器能杀出那样的伤痕？别以为我没见过火族七妖的死状。"一听此话，雷神知道非说出失剑的秘密不可了。大王一边听他解释，一边慢慢松放指上的弓弦。

"我对于你的损失感到惋惜与罪过，但是请你待我他日将真正凶手的头颅取来向你致哀。"大王这时不仅对自己刚才的武断感到冒犯，更同情了对方的处境，而雷神也明白那种一时失去判断力的真实悲情。两人至此不但避免了一场因误会引起的厮杀，还结交为友；大王将那把弓箭大方地借给他。

可是这并没有改变睡仙在梦中所见的可怕景象。她两眼翻出一道白，梦话说出一些身旁的人无法想象的预言，甚至两手勒住门口来探望她的人。踩着颠簸的步伐她走向外头梦游，有时又像身不由己似被推拉着走，看护想拦住她，但却又好奇地想知道她要做什么。

她一路梦游，朝向山神的领土走去，有时闪躲到一旁，有时又被别人看不见的东西追打。她惊慌地哭泣抽噎，直呼："好恐怖、血、救命、危险！"而且她的外表容貌，还不知为什么竟然开始慢慢变老了，皮肤起皱、白发冒蔓……几乎一夕间变成了另一个人。

其实水妖早在被矮精灵簇拥为王时，就马上与他们道别了，一刻也不敢忘了自己正在逃亡。离开后水妖把剑藏在一个秘密的地方，并且将正确的藏剑位置，在一片枯木上画出地图，把图带走。他希望在平安逃出神界后将宝剑归还（把地图托天使送交），毕竟当初盗取宝剑的目的，就只是为了确保能平安返回妖湖。

"主人等等我。"突然一矮精灵从后头追上来，"求主人收我

为仆,教我舞剑,好让垂耳将来能保护族人安危。"水妖冷漠地摇头拒绝,说:

"我亦不通悉剑术,就算我想教,你也不该学。我其实不是……"他没说下去,接着改口说,"垂耳,你有心懂得保护族人,这就是一项世上最强的剑术,只要你拥有它的一天,它就不会让你的族人永远被欺负。你回去吧!我们会再见面的。"说完他便继续前行。

当他好不容易来到神界的最边境时,一阵冷风迎面吹来,水妖昂首一看,原来是云神终于归来了,想想这趟路千辛万苦还是没有白费。水妖向他说来这里的原因,诚恳地倾诉人间某地的久旱之灾,并祈求降雨。

云神答应后,水妖又将那张地图交给他,委托他回神宫后将图转交给雷神。不料他才转身驾云离去不久,就看见雷神杀气腾腾地向边境追去,他想出面调停已经太迟。

当水妖一步跃入人间,雷神马上举弓拉弦,一箭就射穿了他的胸口。他从半空中坠跌,重重地摔落在土地上,那里就是他的家园,本来一地的干沙,现在则是一片泥泞。雨水打在身上,他抓了一把泥,然后就死了。

雷神正准备下去搜出他身上的剑,这时云神才赶上来叫住对方,随即递上地图。

就在刚才水妖中箭的瞬间,远在另一处山林中漫游的报晓仙子却突然大叫一声"啊!";她就这样突然醒了,整个人完全从长眠中睡醒过来。她全身僵硬地站在原地，两眼睁得大圆，没一会儿，便虚弱地垮坐下来，一句话也没说，事实上她聋哑了，视力也有些昏花，因为她老化了。

这段时间她在梦里过了一辈子，她已预见了神界的未来，可惜无法表达，她忧愁地看着跟上来的仙子们，觉得这里没人了解她，而她也不了解任何人。

第 4 章

按照地图指示，他来到距离精灵与石虎的洞穴不远的一处山谷底下，找了很久，才看见那个模糊的十字记号。宝剑就藏在一堆岩石的坡底最下面的石缝里，很难取得。岩石又大，缝隙又小，明知就在这里面却束手无策，把他惹得又急又烦。

当初水妖是化身为水形，才有办法把剑带进这个大小刚好容置的缝里。他先是用箭头凿挖，进度很慢，最后他失去了耐性，干脆用弓猛射了一箭，炸开那个石缝，于是一阵沙尘弥漫，他挥手扇扇。没想到这时候岩石一层层连带松动，接着整片山坡上的岩石全崩落下来，雷神察觉时转身想逃，可是已经来不及，结果他就这样被压死在山谷底下。

轰隆崩塌的巨响回荡天际，大家都听见了，甚至感觉得到震动。她马上知道发生什么事，而别人还在不停猜测。她擦掉眼泪往另一头赶紧走去，没人知道她跋山涉水去哪？找山神是要做什么？而且刻不容缓的模样。她带了把斧头。报晓仙子自从醒来后就已归属梦国，大家改称她"梦国巫婆"，她的人生和家乡都在梦境里。

两手比画了一下，山神才知道原来她是要问那棵果树在哪里，就是曾结过好几颗无比甜美的果实那棵树，山神不懂为什么她认为必须砍倒那棵树，那是他最钟爱的一棵树。巫婆拿一个装了水的碗施法，让事件的景象浮现水面，山神努力想看清楚水面波动搅扰的影像——

有一夜，狩猎仙子在树林猎捕一只野兽，追到一半时，灯楼上的灯火突然熄灭，他顿时看不见路，一不小心就失足跌落陡坡底下。慢慢扶着树干站起来后，他低头寻找自己的长矛，找到拾起后，他摸摸胸前的袋子，还在，但袋底勾裂了个漏洞，于是又四下寻找摸搜了起来。

水面又浮出另一个影像——一个垂死的战士躺在溪旁，虚弱地将紧捏在手心的一颗树种，交给蹲在身边的狩猎仙子，说："请你妥善保管好这种子，千万别让它在百日内落地入土，否则它会长出果树，带来可怕的诅咒与噩运，使神界永无宁日。还有，小心云神派手下探听种子的下落，并向你讨夺。多日来他远游各地遍寻此物，不顾工作的废怠，为的就是要归化魔界，借此邀功。昨日他以雹子神珠将我击杀于天河上，我整夜负伤遁逃，来到此地……"那位战士说到这里就死去了。

狩猎仙子在满地的土石上摸索寻找时，脑子里回忆起数十天前风族战士给予他的嘱托。他怎么摸也找不到那丸种子,心想自己恐怕是惹祸了,于是匆匆离开,装作根本没有这整件事。直到有一天果树长成……

"一派胡言!"山神无法接受自己也是生祸的人之一这个指控,更不相信云神有意谋反,"这也许是你的巫术,你醒来后就不是神界的一员了,我不相信我的领土上会长出害物,更不会相信你这梦国来的巫婆。"

她以为山神会是唯一相信她的人,她想也许当初他赠送甜果实,动机并非真的关心她,而只是想表示慷慨及炫耀自己有什么好东西罢了。她眼见对方不肯说出地点,并且一怒操起了石锤,而她又无法以武取胜,于是只好使出催眠术,让山神昏昏睡去,再引他在意识不清时说出实话。巫婆随即在附近找到了甜果树。

用尽全力连砍了几回,结果不但树完全没损伤,反而斧头还锉了刃。她于是躺下来睡觉,打算到梦里去请教先知,看这到底是怎么回事。差不多走了梦里三天的路,她才在半边桥的中央尽头处找到老先知。

"世上只有一样利器可以砍倒那棵邪树,那就是魔界大门内那把守门者手中的金斧头。守门者全是刚加入魔界的孤魂野鬼,法力有限,应该是不难得手,但是要逃出来远比进去难多了……"她不知道要去哪里找人帮忙去拿金斧头,谁能真正拯救神界?

这时候，云神看见巫婆就在树下睡，正是个下手收拾的好机会，他非得除掉这个知道太多事情的人。梦里的先知看着桥下的流水，突然之间对她大喊了一声："快点醒过来，离开这里！"巫婆一醒看见云神已经举起了雨针刺来，不料他背后有一石锤更早一瞬间挥来，将他重重击倒，原来是山神赶来相助。从地上爬起来后，他马上一个腾跃，驾云逃命去了。山神过去将受惊吓的巫婆扶起。

　　另一方面，雷神的死大家早就议论纷纷了，质疑的声音多过哀凄，现在又加上云神叛变潜逃的传言，这使得大天神十分不悦，他下令先选出新任的雷神，再由那人去查案，并且将云神追捕回来审问。大天神说："现在那把闪光宝剑还压在山谷下，你们只要谁能取出它，谁就可以继任为雷神。"于是，另一场激烈的争斗就此展开。

图书在版编目（CIP）数据

盲目地注视 / 黄国峻著、绘. -- 北京：中国友谊出版公司, 2020.7（2021.11重印）
ISBN 978-7-5057-4931-3

I. ①盲… II. ①黄… III. ①短篇小说—小说集—中国—当代 IV. ①I247.7

中国版本图书馆CIP数据核字(2020)第106812号

著作权合同登记号 图字：01-2020-5539

Copyright © 2002 年 黄国峻
本中文简体字版 Copyright © 2020 年 银杏树下（北京）图书有限责任公司由联合文学出版社股份有限公司 授权独家出版

书名	盲目地注视
作者	黄国峻
出版	中国友谊出版公司
发行	中国友谊出版公司
经销	新华书店
印刷	天津中印联印务有限公司
规格	880×1194毫米　32开 6.5印张　124千字
版次	2020年11月第1版
印次	2021年11月第2次印刷
书号	ISBN 978-7-5057-4931-3
定价	38.00元
地址	北京市朝阳区西坝河南里17号楼
邮编	100028
电话	（010）64678009